THE DRAGON PRINCE

DER PRINZ DER DRACHEN

Callums Buch der Magie

Die deutsche Ausgabe von
THE DRAGON PRINCE / DER PRINZ DER DRACHEN · CALLUMS BUCH DER MAGIE
wird herausgegeben von CROCU, Teinacher Straße 72, 71634 Ludwigsburg.
Herausgeber: Andreas Mergenthaler, Verlagsleitung: Luciana Bawidamann; Übersetzung: Bernd Sambale; verantwortlicher Redakteur und Lektorat: Markus Rohde; Lektorat: Wibke Sawatzki; Korrektorat: Peter Schild; Satz: Rowan Rüster; Buch-Design: Betsy Peterschmidt und Christina Dacanay
Print-Ausgabe gedruckt von Andreas Hagemayer, Wien.

ISBN 978-3-98743-001-5 | März 2023 | www.crocu.de

Titel der Originalausgabe:
THE DRAGON PRINCE · CALLUM'S SPELLBOOK

German-language edition published by CROCU – Andreas Mergenthaler, by arrangement with Scholastic Inc. 557 Broadway, New York, NY 10012, USA.

THE DRAGON PRINCE

DER PRINZ DER DRACHEN

Callums Buch der Magie

von Tracey West

CROCU

Dieses Buch gehört:

Callum

Lieber Callum,

wir beide kennen einander noch nicht besonders gut, aber ich erkenne bereits, dass du ein angehender Künstler bist! Ich sehe, wie du auf Pergament malst, mit Holzkohle aus dem Kamin. Ich sehe, wie du im Hof mit Stöcken in der Erde zeichnest. Ich sehe, wie du Kunstwerke in die Wände deines neuen Schlafzimmers ritzt mit allem, was du in die Finger bekommst.

Im Grunde habe ich nichts dagegen einzuwenden, dass dieses Schloss ein paar neue Dekorationen »à la Callum« dazugewinnt, aber ich dachte mir, es wird Zeit, dass du ein richtiges Skizzenbuch bekommst. Ich hoffe, du füllst es nicht allein mit deinen Zeichnungen, sondern auch mit deinen Träumen von der Zukunft, denn ich habe so ein Gefühl, als hättest du grosse Dinge in dir. Und ich kann es kaum erwarten, dir dabei zuzusehen, wie du sie entdeckst.

In Liebe
Dein Harrow

INHALTSVERZEICHNIS

Also, dieses Buch hat als Skizzenbuch angefangen. Ich hab es als Kind von meinem Stiefvater bekommen. Früher hab ich es mit Zeichnungen von albernen Sachen wie Marshmallowmonstern gefüllt.

Aber jetzt lerne ich **MAGIE**, und es werden immer weniger Skizzen und immer mehr Zaubersprüche, weswegen es jetzt wohl ein Zauberbuch ist. Erstens will ich den Überblick behalten über das, was ich lerne: die ganzen Beschwörungsformeln und den anderen Magiekram. Andererseits halte ich es auch für wichtig, alles aufzuschreiben, was jetzt gerade passiert. Denn es passieren große Dinge – große Dinge –, von denen die Leute noch in rund hundert Jahren sprechen werden. Ich will mir alle Details richtig merken. Jede Person. Jeden Ort. Jede Schlacht.

Hin und wieder zeichne ich immer noch ein paar alberne Sachen – Ezran wäre enttäuscht, wenn ich damit aufhöre (er blättert ständig in meinem Skizzenbuch)! Meine Freunde werfen auch manchmal einen Blick hinein. He! Wenn du das hier liest, dann bist du wohl auch mein Freund. Zumindest hoffe ich, dass du ein Freund bist … Ich würde nicht wollen, dass meine Feinde das hier lesen, so viel steht fest!

– Callum

Wie alles begann

Schon mein ganzes Leben lang ist die Welt in zwei Teile gespalten: die Menschenwelt, die aus fünf Königreichen besteht, und Xadia, ein magisches Land voller Elfen, Drachen und aller möglicher anderer erstaunlicher Wesen. Als ich klein war, fragte ich meine Mutter, warum wir nie nach Xadia gehen konnten, und sie erzählte mir eine Geschichte:

Vor langer Zeit gab es auf der Welt sechs Urquellen der Magie: die Sonne, den Mond, die Sterne, die Erde, den Himmel und den Ozean.

Elfen und Drachen waren von Geburt an mit den Urquellen verbunden; Menschen nicht. Doch ein Menschenmagier entdeckte die siebte Quelle: dunkle Magie.

Mama hat nicht gern über dunkle Magie gesprochen. Sie sagte, das mit der dunklen Magie wäre schwierig, weil es immer einen Preis gibt. Um dunkle Magie zu wirken, braucht man die Essenz eines magischen Wesens, und es gibt zwei Wege, die zu bekommen: Man stiehlt sie, zum Beispiel, indem man einem Drachen oder Einhorn das Horn abschneidet, oder – häufiger – man bringt das Wesen um.

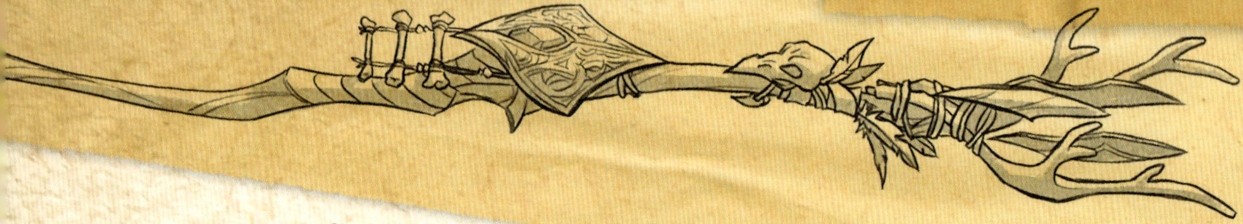

Hier geht Mamas Geschichte weiter:

Die Elfen und Drachen waren entsetzt darüber, dass die Menschen dunkle Magie verwendeten. Um sie zu bestrafen, verbannten sie sie in den westlichen Teil des Kontinents.

Daraufhin verteidigte der Drachenkönig Donner jahrhundertelang die Grenze zwischen beiden Welten.

Und hier endet die Geschichte meiner Mutter, und meine ... beginnt irgendwie? Denn alles, was in diesem Buch steht, lässt sich auf das zurückführen, was als Nächstes geschah: Meine Mutter starb bei der Schlacht gegen den Drachenkönig, und um Rache zu üben, töteten König Harrow (mein Stiefvater) und Lord Viren später Donner und vernichteten sein Ei. Zumindest glaubten das damals alle.

Xadia beschloss daraufhin, sich für Donners Tod zu rächen (ich glaube, hier ein Muster zu erkennen ...). Zu der Zeit haben Ezran und ich Rayla kennengelernt – ein Elfenmädchen! Und dann fanden wir heraus, dass das Drachenei gar nicht vernichtet war: Lord Viren hatte es die ganze Zeit über versteckt!

Das war unsere Chance. Wir beschlossen, das Drachenei wieder zu seiner Mutter nach Xadia zu bringen. Bisher war es keine leichte Reise, aber dies ist unsere einzige Hoffnung, den Frieden wiederherzustellen.

DIE FÜNF MENSCHENREICHE
NEOLANDIA
DUREN
DIE GRENZE
DEL BAR
Die Bresche
Die Ruthruhtnichtgut
Abgestürzter Drache!
HAFEN-STADT
Banther-Landsitz
Mondstein-pfad
Verfluchte Caldera
SCHLOSS KATOLIS
Berg Kalik
ELLIS' DORF
EVENERE
KATOLIS
Sonne
Mond
Himmel
Sterne
Ozean
Erde

Diese Karte hab ich von einer Schriftrolle meines Stiefvaters abgezeichnet. Nicht schlecht, was?

Nur wir fünf

Diese ganze Reise ist wirklich aufregend und toll, und ich hab unterwegs schon so viele neue Leute und magische Wesen kennengelernt. Aber die ganze Zeit über waren wir zu fünft: ich, Ezran, Rayla, Beut und Zym. (Obwohl Zym anfangs still, hart und rund war – er war nämlich noch ein Ei!)

Ich hab ein paar Jahre gebraucht, bis ich gut zeichnen konnte. Vielleicht läuft's bei der Zauberei ja genauso.

ICH (CALLUM)

Offiziell bin ich Prinz Callum, denn meine Mutter war die Königin von Katolis. Ich hab mich allerdings nie wie ein Prinz gefühlt. Aber das macht nichts – denn jetzt weiß ich, dass es immer meine Bestimmung war, ein <u>Magier</u> zu sein.

ROLLE: großer Bruder, Magier in Ausbildung

STÄRKEN UND BESONDERE FÄHIGKEITEN: Man erwartet von mir, dass ich Prinzenzeugs gut kann, etwa mit dem Schwert kämpfen oder reiten. Schwertkämpfe sind aber NICHT meins!

Richtig gut kann ich dafür aber zeichnen und zaubern.

ACCESSOIRES: Skizzenbuch, Runenwürfel, Schal aus Katolis

VORLIEBEN: staubige alte Bücher, Regen, ausgedachte Wörter (wie »Früttag«, was sich viel lustiger sagt als einfach bloß »Brunch«)

ABNEIGUNGEN: zu lange für offizielle Porträts Modell zu stehen; Marmeladentörtchenkrümel in meinem Bett zu finden, die nicht von mir stammen

Die Marmeladentörtchensucht meines kleinen Bruders ist außer Kontrolle. Das hat er von unserer Mutter.

EZRAN

Ich hab mal gedacht, mein kleiner Bruder sei bloß ein süßes Kind,
das gern Verstecken spielt und Marmeladentörtchen isst.
Es fiel mir schwer, ihn mir als künftigen König vorzustellen.
Aber mittlerweile hab ich erkannt, wie tapfer und weise er sein kann.
Wenn irgendjemand den Thron verdient, dann er.

ROLLE: Beschützer des Drachenprinzen, rechtmäßiger König von Katolis

STÄRKEN UND BESONDERE FÄHIGKEITEN: Ezran kann mit Tieren kommunizieren.

ACCESSOIRES: Ohne seinen Rucksack geht er nirgendwohin.

VORLIEBEN: Versteck spielen, andere Spiele mit Freunden und Haustieren, Marmeladentörtchen! Und natürlich Beut und Zym. Und alle andere Wesen, die ihm so begegnen.

ABNEIGUNGEN: Krieg; Kämpfen; Grausamkeit; zu weich gekochte Erbsen

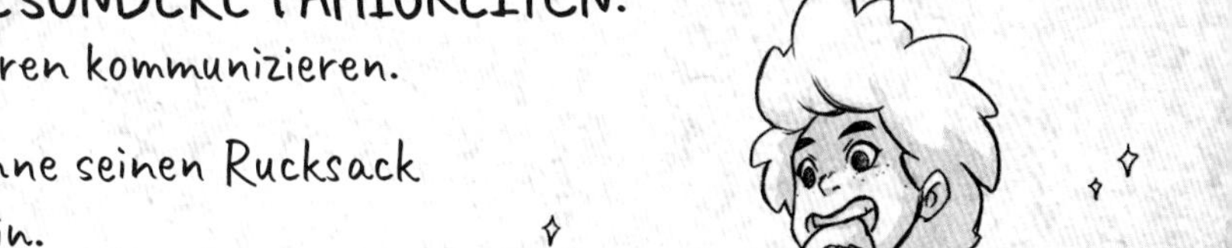

Ezran erzählt mir gern von seinen merkwürdigen Träumen, in denen er auf einem Flusspferd aus Toffee reitet. Ich hab keinen Schimmer, was das zu bedeuten hat!

Wie Ezran mit TIEREN ~~SPRICHT~~ kommuniziert!

Callum hat mich gebeten, ihm zu erzählen, wie ich mit Tieren spreche. Ich hab ihm gesagt, ich spreche nicht mit Tieren! Nicht so richtig. Dann hab ich ihm gesagt, er soll mir sein Buch geben, damit ich sichergehen kann, dass es da auch richtig drinsteht.

Es fiel mir schon immer schwer, mich mit anderen Kindern anzufreunden. Ich hab einfach das Gefühl, dass ich nicht dazugehöre. Aber bei Tieren ist das anders. Ich hab eine Verbindung zu ihnen. Vor ein paar Jahren ist mir dann klar geworden, dass ich verstehe, was sie sagen.

Es ist nicht so, als würde ich sie in meinem Kopf sprechen hören. Ich versuche mir nur ganz doll vorzustellen, wie es ihnen geht, und dann versuch ich, mich genauso zu fühlen. Und sie zu verstehen. Es ist also eher so, als würde ich spüren, was sie mich wissen lassen wollen … Es ist schwer zu erklären. Aber sie verstehen mich auf die gleiche Weise.

Erst hat Callum mir nicht geglaubt. Einmal sollte ich es ihm beweisen, also hab ich mit ein paar Waschbären kommuniziert. Sie haben gesagt, ich soll unter einem Wasserfall nach einem Schatz suchen. Callum und ich haben nachgesehen, aber da war kein Schatz. Callum sagte, das wäre der Beweis, dass ich gelogen hätte. Aber die Waschbären haben mir nur einen Streich gespielt. Seit damals traue ich Waschbären nicht mehr (dabei sind sie so niedlich mit ihren kleinen Masken)!

— Ez

Ich werde nie wieder an dir zweifeln, Ez, das verspreche ich!
– Callum

JUNGE, JUNGE

Ez und ich haben eine Abmachung: Wenn ich etwas mache, was ein großer Bruder nicht machen sollte (wie etwa ihm das mit den Tieren nicht zu glauben), dann muss ich »Callums berühmten Doofgesichttanz« machen. Das bringt ihn immer zum Lächeln!

Wie hell Beut aufblitzen kann? So hell, dass er seine Feinde blendet, wenn sie nicht damit rechnen! Beuts Blitz hat uns schon ein paarmal gerettet.

BEUT

Niemand weiß, wie alt genau Beut ist. Er war schon König Harrows Haustier, bevor Ezran ihn bekommen hat. Genau genommen ist er ein chromalumineszentes Amphibium, aber die meisten nennen ihn bloß Leuchtkröte. Und er ist eine **GRANTIGE** Leuchtkröte.

ROLLE: Treuer Beschützer Ezrans, Leuchtkrieger

STÄRKEN UND BESONDERE FÄHIGKEITEN: Er wechselt abhängig von seiner Laune die Farbe. Und er kann ECHT hell aufblitzen (aber nur, wenn ihm danach ist).

VORLIEBEN: Ezran und Marmeladentörtchen. Ach, und insgeheim liebt er es, wenn man ihm den Bauch krault!

ABNEIGUNGEN: Fast alles andere. Besonders missfällt es ihm aber, wenn Ezran sich mit Zym befasst statt mit ihm. Dann wird er so eifersüchtig!

Dass wir Beut Beut nennen, hat einen ganz lustigen Grund – es sei denn, man ist Beut, nehme ich an. Allem Anschein nach schmecken Leuchtkröten ausgezeichnet! Fischer benutzen sie als Köder, um große Beute zu machen, und darum ... Beut! Ezran sagt, Beut weiß nicht, dass er lecker ist, aber ich könnte mir vorstellen, dass er deswegen ständig so grantig ist.

Aber so langsam kommt er drüber hinweg!

BEUTS VIELE FARBEN

Beut ist geduldig und geht nie auf jemanden los, es sei denn, er ist in Gefahr, aber man kann erkennen, wie seine Laune gerade ist, wenn man auf seine Farben Acht gibt.

GELB: Der normale grantige Beut.

BLAU: Müde und grantig.

ROT: Wütend und grantig. Siehst du rot, halt dich bloß fern!

GRAU: Traurig und grantig. Beut wird grau, wenn er nicht bei Ezran sein kann. Er wird ebenfalls grau, wenn er krank ist.

GRÜN: Eifersüchtig und grantig. Wenn Ezran Zym besonders viel Beachtung schenkt, wird Beut grün. Ich hab ihn auch schon leuchtend grün werden sehen, wenn er wirklich Angst hatte – zum Beispiel, als wir auf die Verfluchte Caldera gestiegen sind.

ROSA: Verlegen und grantig. Einmal hab ich gesagt, ein Schild gehöre vermutlich zu einem Datingservice für Haustiere, und da ist er leuchtend rosa geworden!

LILA: Gestresst und grantig – wie wenn der Bäcker ihn zu fest an sich drückt!

ORANGE: Diese Farbe nimmt er an, wenn er sich besonders geliebt (und grantig) fühlt. Ich hab ihn orange werden sehen, als Rayla ihm gesagt hat, er sei ihr Held.

BONUS-BEUT: Wenn er Mondbeerensaft trinkt, leuchtet er in einem strahlenden Rot und Blau!

Neben den Kampffähigkeiten weisen noch viele andere Sachen darauf hin, dass Rayla zu den Mondschatten-Elfen gehört:

RAYLA

Ich hätte nie gedacht, dass ich mich mal mit jemandem aus dem Elfenvolk anfreunde, aber ich bin heilfroh, dass Rayla auf unserer Seite ist. Sie ist gut, furchtlos und stark. Außerdem ist sie eine Kriegerin, die Saltos schlägt, auf Bäume klettert und Schnappschwerter schwingt!

ROLLE: Mondschattenelfen-Attentäterin

STÄRKEN UND BESONDERE FÄHIGKEITEN: unglaublich leichtfüßig, kann die Mondschatten-Form annehmen

WAFFEN UND ACCESSOIRES: Schnappschwerter, Attentäterbindung

VORLIEBEN: Sarkasmus, sich darüber lustig machen, wie Menschen reden, Kuschelkletten; Mondbeeren-Überraschung

ABNEIGUNGEN: Lujannes wirre Weisheiten. Und Wasser! Davor hat sie Angst!

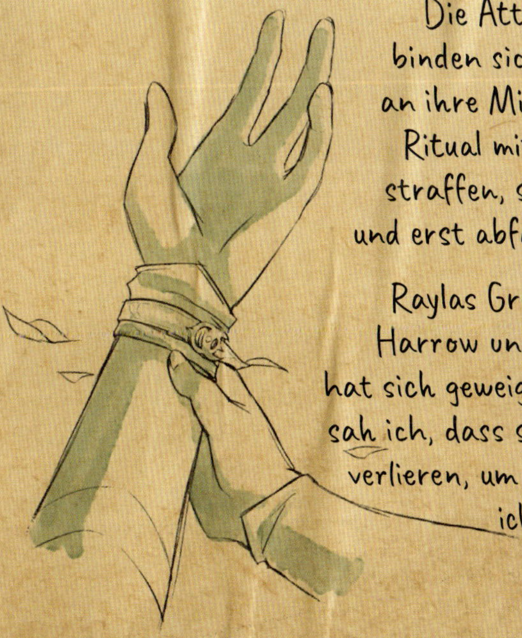

Die Attentäter der Mondschatten-Elfen binden sich im wahrsten Sinne des Wortes an ihre Missionen: Sie halten ein magisches Ritual mit Bändern ab, die sich allmählich straffen, solange das Angriffsziel noch lebt, und erst abfallen, wenn die Mission erfüllt ist.

Raylas Gruppe war damit beauftragt, König Harrow und Ezran umzubringen, doch Rayla hat sich geweigert, Ezran zu töten. Irgendwann sah ich, dass sie sogar bereit war, ihre Hand zu verlieren, um ihn zu beschützen, und da wusste ich, dass ich ihr wirklich trauen kann.

Raylas SCHNAPP-SCHWERTER

Raylas Klingen haben viele verschiedene Konfigurationen, daher kann sie damit nicht nur kämpfen, sondern zum Beispiel auch klettern oder Sachen aufstemmen.

Ich glaube, dass ihre Klingen sich so öffnen. Es ist schwer zu sagen, weil sie es immer so schnell macht!

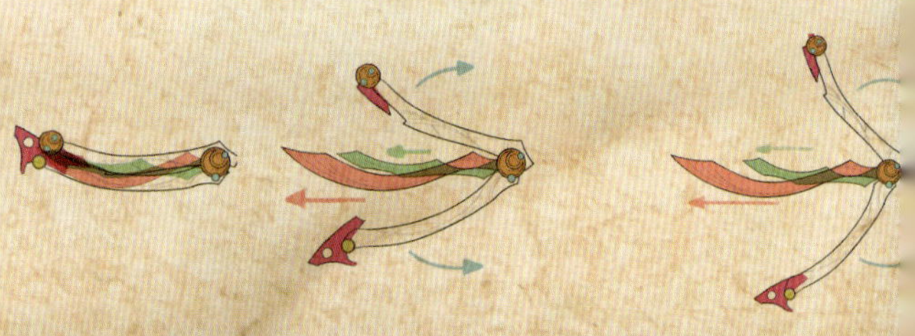

Mein Stiefvater hat mir immer erzählt, dass die Handwerkskunst der Elfen die besten Waffen auf der Welt hervorbringt. Ich hab nie gewusst, was er meinte, bis ich gesehen hab, wie Rayla ihre Schnappschwerter benutzt. Es ist irre, ihr dabei zuzusehen – es kommt einem so vor, als wären es Verlängerungen ihrer beiden Hände! Einmal hab ich sie gefragt, ob ich sie ausprobieren darf, aber sie hat Nein gesagt, weil ich mir wahrscheinlich nur weh tun würde. Ich bin nicht so geschickt mit Waffen, und das hat sie schnell »spitz«gekriegt.

Ha ha! Spitz.
Verstehste?

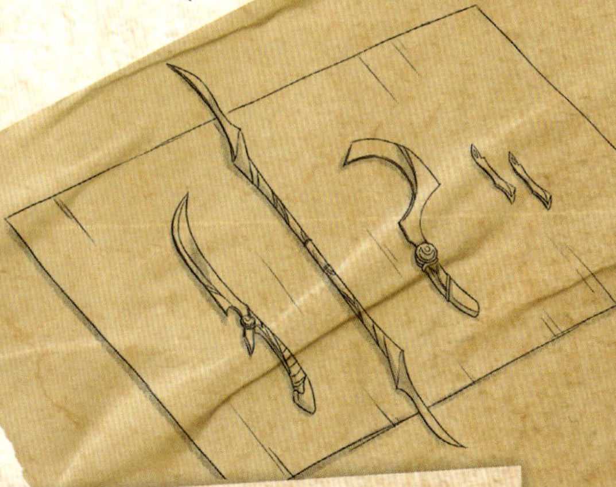

»MENSCHEN«-RAYLA

Callum hat in seinem Buch viel über mich geschrieben, aber eine meiner besten Fähigkeiten hat er ausgelassen: so zu tun, als wäre ich ein Mensch!

Das ist ganz leicht! Ich brauche nur eine Kapuze, um meine Hörner zu verstecken, und Handschuhe, damit niemand merkt, dass ich nur vier Finger hab statt fünf. (Wer braucht schon kleine Finger? Sind die nicht bloß im Weg?)

Sobald meine Verkleidung steht, muss ich nur noch meine perfekte Menschenimitation hinzufügen. Ich sag dann ganz viele Sachen, die Menschen vielleicht sagen würden, wie:

»Ich rede wirklich gern über Geld, du nicht auch?«

»He, lass uns einen Krieg anfangen!«

»Ich mag es, in der Sonne zu liegen, obwohl ich weiß, dass es schlecht für mich ist!«

»Komm, lass uns verurteilen und kritisieren, was andere Menschen tun, und dann machen wir's ganz genauso!«

»Ich freu mich schon drauf, gleich einen Teller ungesundes Essen zu verschlingen, und zwar eine Riesenportion!«

»Anderer Mensch, lass uns darüber sprechen, welche Straßen und Pfade uns geringfügig schneller an unser Ziel bringen als andere Straßen und Pfade.«

»Dein Schädel ist aber schön glatt!«

»Ich sage gern ›Ja, und wie‹, wenn ich jemandem vermitteln will, dass ich seiner Ansicht bin.«

Die GESCHICHTE des EIs

Als wir uns auf den Weg machten, waren wir nur zu viert – ich, Ezran, Rayla und Beut –, und außerdem hatten wir noch ein Drachenei. Ich werde nie den Augenblick vergessen, als ich das Ei zum ersten Mal gesehen habe. Alle hatten gesagt, der Erbe des Drachenkönigs sei vernichtet worden, doch Ezran hatte das Ei entdeckt, versteckt in Virens Gemächern! »Das ändert alles«, hat Rayla gesagt, als wir vor dem Ei standen. Und sie hatte recht. Wir wussten, wir müssen es seiner Mutter zurückbringen, wenn wir den anrollenden Krieg zwischen der Menschenwelt und Xadia abwenden wollten.

Ezran fühlte sich sofort mit dem Ei verbunden und trug es in seinem Rucksack, wann immer es ging.

Früh auf unserer Reise nach Xadia gerieten wir in eine Lawine und landeten auf einem vereisten Teich. Ich hab versucht, Rayla das Ei zu reichen, damit sie es in Sicherheit bringen kann, aber sie konnte es mit ihrer verletzten Hand nicht halten, und es ist ins eiskalte Wasser gefallen. Ez sprang hinterher, ehe wir ihn aufhalten konnten, weil er das Ei retten wollte!

Zum Urstein später mehr!

Danach war es nicht mehr dasselbe. Einen entsetzlichen Moment lang glaubten wir sogar, es sei gestorben.

Die Mondmagierin Lujanne sagte, der Drachenprinz würde definitiv sterben, wenn er nicht bald schlüpfe, und weil er ein Himmelsdrache sei, könne er nur im Auge eines Sturms schlüpfen. Also hab ich meinen **URSTEIN** zerbrochen, um den Sturm darin freizusetzen. Ein Blitz schlug in das Ei ein, es brach auf ... Und dann schlüpfte der bezauberndste Babydrache daraus hervor, den man sich nur denken kann!

AZYMONDIAS

Das ist sein hochgestochener Drachenprinzname – wir nennen ihn einfach Zym. Eines Tages wird er das mächtigste Geschöpf auf der Welt sein, aber im Augenblick ist er wie ein verspielter Welpe, voller Neugier auf die Welt, die ihn umgibt.

ROLLE: Drachenprinz Xadias

STÄRKEN UND BESONDERE FÄHIGKEITEN: Er kann Funken abschießen, aber kontrollieren kann er sie noch nicht. Außerdem ist er unglaublich niedlich!

VORLIEBEN: im Kreis rennen; an Blumen schnuppern; mit Ezran Nickerchen machen

ABNEIGUNGEN: Höhen, aber mit jedem Tag scheint er ein bisschen mutiger zu werden

Ez hat hart daran gearbeitet, Zym beim Fliegenlernen zu helfen. Soren hat ihnen ein »Schnell-rutschi-flitschi-Seil« gemacht, mit dem sie trainieren konnten, aber dem hat Rayla einen Riegel vorgeschoben, sobald sie rausgekriegt hat, wie gefährlich das war!

Die MENSCHENWELT

Es ist irgendwie komisch, die Welt, in der ich aufgewachsen bin, als »Menschenwelt« zu bezeichnen, denn damals kannte ich ja keine andere Welt. Insgesamt gibt es fünf Königreiche, und mein Stiefvater, König Harrow, hat über das Reich Katolis geherrscht.

Rayla sagt, in Xadia bekämen alle Elfen beigebracht, dass die Menschen böse seien, aber jetzt wisse sie, dass das nicht stimme. In den fünf Reichen gibt es die verschiedensten Leute – manche gut, manche böse und manche irgendwo dazwischen. Ich will jetzt über die schreiben, die wichtig für unsere Geschichte sind – und außerdem über ein paar wichtige Orte.

NEOLANDIA
DUREN
DEL BAR
KATOLIS
EVENERE

DAS KÖNIGREICH

Schloss Katolis ist gewaltig! Als meine Mutter und ich dort einzogen – ich war noch ein kleines Kind –, hab ich mich ständig verlaufen.

KATOLIS

In Katolis lebt nicht jeder im Schloss. Wir haben Dorfbewohner, Ladenbesitzer, Bauern, Lehrer, Künstler – alle Arten von Leuten!

Vergiss die Bäcker nicht!
— Ez

Zuerst ...

MEINE FAMILIE!

Mein Stiefvater hat Pip, seinen xadianischen Singvogel, wirklich geliebt. Als meine Mutter starb, wurde er ihm mit der Zeit immer wichtiger.

König Harrow sah auf Porträts immer ernst aus, aber persönlich war er echt lustig. Ich weiß, dass ich seine Witze vermissen werde – auch die ganz furchtbaren!

KÖNIG HARROW

Meine Mutter hat König Harrow geheiratet, als ich noch ein Kind war, also ist er mein Stiefvater. Jahrelang hab ich ihn eher als König gesehen statt als Vater. Aber seit ich ihn verloren hab, ist mir klar geworden, dass er mir die ganze Zeit ein großartiger Vater gewesen war.

ROLLE: König von Katolis

STÄRKEN/BESONDERE FÄHIGKEITEN: Er war ein großer Krieger und ein gerechter und fairer König, der immer versucht hat, für sein Volk das Richtige zu tun. Aber ein paar seiner Entscheidungen haben uns an den Rand eines Krieges gegen Xadia geführt.

WAFFEN/ACCESSOIRES: seine Krone; sein Schwert

VORLIEBEN: Gerechtigkeit; seine Familie; Rodeln; Beut ein bisschen ärgern; Flachwitze reißen

ABNEIGUNGEN: Unfairness; Ungleichheit; »Kronenhaar« (wenn das Haar ein bisschen eingedrückt ist, weil man seine Krone zu lange aufhatte)

Wie beschäftigt mein Stiefvater auch war, er fand immer Zeit für mich. Im Sommer gingen wir gern runter zum Fluss, um uns abzukühlen.

Eine LÜGE, ein WUNSCH und ein GEHEIMNIS

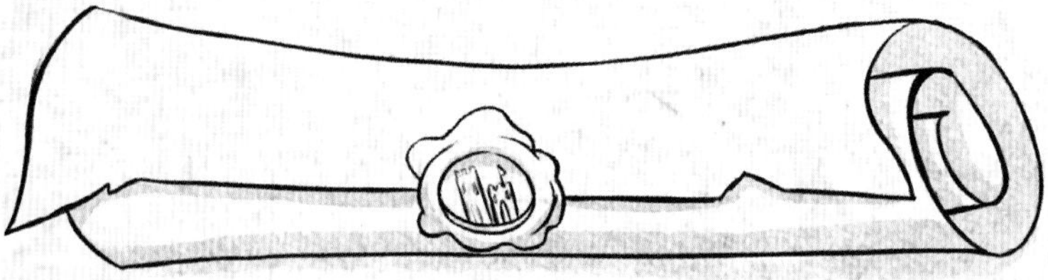

Bevor König Harrow starb, schrieb er mir einen Brief. Ich wollte ihn nicht sofort lesen. Der Brief war alles, was ich von ihm noch hatte, und ich wusste, sobald ich ihn ausgelesen hatte, würde sein Tod endgültig sein.

Ich bin froh, dass ich ihn endlich gelesen hab. Er hat mir viel Stoff zum Nachdenken gegeben. In dem Brief hat er gesagt, er müsse mir eine Lüge, einen Wunsch und ein Geheimnis erzählen.

Zuerst kam die Lüge: dass es einen schwach mache, verletzlich und gütig zu sein. Wahre Stärke, hat er mir gesagt, finde man in der Liebe.

Als Nächstes kam der Wunsch: Ezran und ich sollten frei sein. Er sagte, unsere Zukunft müsse nicht auf unserer Vergangenheit gründen. Ich glaub, damit hat er eine ganze Menge Dinge gemeint – hauptsächlich aber, dass wir nicht versuchen sollen, seinen Tod zu rächen. Oder das, was mit meiner Mutter passiert ist. Das ist eine große Sache, denn es heißt, dass wir den Kreislauf der Rache zwischen den Menschen und Xadia durchbrechen können.

Mehr über den Runenwürfel später!!

Zuletzt kam das Geheimnis, und es war ein gutes: Er hat mir erzählt, es gebe auf dem Banther-Landsitz einen magischen Würfel. In den seien Runen geritzt, und er leuchte, wenn er sich etwas Magischem nähere. Er hat gesagt, das sei ein uraltes Artefakt, das einem Elfenzauberer aus Xadia namens Aaravos gehört habe. Es heißt Schlüssel des Aaravos, was komisch ist, weil es doch wie ein Würfel geformt ist. Vielleicht kann man damit irgendwas wirklich Wichtiges aufschließen?

Ich hab keine Ahnung, wozu der Schlüssel da ist oder wie man das rauskriegen könnte. Aber eine noch größere Frage ist: Warum wollte mein Stiefvater, dass <u>ich</u> den Würfel kriege? Warum nicht Lord Viren, der ein erfahrener Magier ist? Oder jemand im Schloss, dem er vertraut, wie etwa Opeli? Warum ausgerechnet <u>ich</u>?

Mir gefällt der Gedanke, dass er etwas in mir gesehen hat – etwas, was nicht einmal ich selbst in mir sehe. Vor so vielen Jahren hat er mir dieses Notizbuch gegeben, und jetzt ist es mein Zauberbuch geworden. Vielleicht wusste er ja schon früher als ich, dass ich ein Magier bin.

Ich habe ein so breites Lächeln auf dem Gesicht, während ich das hier schreibe und an König Harrow denke. Sobald Zym sicher wieder bei seiner Mutter ist, finde ich heraus, was der Schlüssel des Aaravos macht. Ich werde ~~König Harrow~~ Papa stolz machen.

Auf SCHLOSS KATOLIS

Im Schloss zu leben, war viel gemütlicher, als die ganze Zeit auf dem Boden zu schlafen, wie wir es jetzt tun. Ez und ich haben uns ein Zimmer geteilt. Ich hatte meinen eigenen Schreibtisch, an dem ich zeichnen konnte.

Das SYMBOL VON KATOLIS ist ein Schloss mit zwei ungleichen Türmen. Es prangt auf unserem Banner, auf der Krone des Königs, auf den Waffen und sogar auf dem Schal, den ich immer trage. Als ich klein war, hat mein Stiefvater mir erzählt, das Symbol habe mit dem zu tun, was an den Menschen besonders sei. Dass es darum gehe, Stärke in unserer Verschiedenheit zu finden.

Der Raum im Schloss, den Ez am meisten vermisst, ist die Küche. Wie gern hat er versucht, BARIUS DEM BÄCKER Marmeladentörtchen zu klauen. Meistens hat Barius Ez ein Törtchen überlassen, ihn ausgeschimpft und dann weggeschickt. Aber ich glaube, sein Herz ist so weich wie ein klebriges Brötchen. Einmal hab ich ihn dabei erwischt, wie er Beut mit Törtchen gefüttert hat!

Krähen tragen Botschaften von unserem Schloss in die anderen Königreiche. Gewöhnlich ist der Krähen-Lord dafür zuständig, aber jetzt hilft der KRÄHENMEISTER aus, wenn es nötig ist. Er ist so was wie ein Assistent des Krähen-Lords. Er wurde vor Kurzem befördert und ist mächtig stolz darauf!

Mamas Gesicht werde ich niemals vergessen. Und an ihr Lachen werde ich mich immer erinnern. An ihren Atem, der nach Persimonen geduftet hat. Und daran, wie sie meinen Stiefvater bei Schwertkampfübungen immer geschlagen hat!

MEINE MUTTER, SARAI

Ich weiß, dass sie tapfer starb, indem sie tat, was sie für das Richtige hielt. Aber ich denke eigentlich nicht gern über ihren Tod nach. Lieber denke ich an die Zeit zurück, als sie noch am Leben war.

ROLLE: Königin von Katolis

STÄRKEN/BESONDERE FÄHIGKEITEN: Sie war eine geschickte Reiterin und eine Kriegerin. Ihre Umarmungen waren die besten. Und ich bin ziemlich sicher, dass Ez sein großes Herz von ihr hat (und ich schätze, ich selbst auch!).

WAFFEN/ACCESSOIRES: ihre Krone; ihr Speer

VORLIEBEN: Ez und mich; die abgeschmackten Witze meines Stiefvaters; Süßigkeiten (sogar noch mehr als Ezran!); ihre kleine Schwester Amaya

ABNEIGUNGEN: wenn jemand anderes das letzte Marmeladentörtchen gegessen hat; wenn jemand ihr sagte, sie könne etwas nicht; langweilige Träume

Es gibt eine Statue zu Ehren meiner Mutter im Tal der Gräber (wo große Könige und Königinnen der Vergangenheit zur letzten Ruhe gebettet werden), und die hat sie sich auch verdient: Ihre Taten haben Katolis vor einer Hungersnot gerettet. Manchmal frage ich mich jedoch, was sie von so einem öffentlichen Tribut gehalten hätte. Sie hat die Mission von Anfang an für eine schlechte Idee gehalten, ihn aber trotzdem unterstützt und begleitet. Wie anders wäre wohl jetzt alles, wenn Harrow damals auf sie gehört hätte?

DER BANTHER-LANDSITZ

Wir sind als Familie jeden Winter dorthin gefahren, um im Schnee zu spielen und zu rodeln. Als Rayla, Ez und ich unsere Reise angetreten haben, fiel mir wieder ein, dass ich als Kind im Spielzimmer dort ein Würfelding mit magischen Symbolen gesehen hatte. Ich dachte, der Würfel könne uns vielleicht helfen, daher überzeugte ich Rayla davon, dass wir auf dem Weg nach Xadia auf dem Banther-Landsitz vorbeischauen sollten.

Doch bevor ich den Würfel fand, fand Tante Amaya uns, und Junge, war sie froh, uns lebendig zu sehen! Sie wusste, dass Attentäter zum Schloss gekommen waren und dass wir in Gefahr waren. Ez wollte ihr erzählen, dass wir das Drachenei gefunden hatten und mit Rayla nach Xadia reisten, um es zurückzubringen, aber ich bezweifelte, dass sie dafür Verständnis hätte. Als wir in eine heikle Situation gerieten, erzählte ich ihr, Rayla sei ein blutdürstiger Elf, der uns entführt habe – so wollte ich uns eine Chance verschaffen, gemeinsam zu fliehen. Dank meiner Lüge konnten wir zwar unsere Reise fortsetzen, aber Rayla hat sie mir noch immer nicht ganz verziehen.

Ich mag meinen Würfel dort gefunden haben, aber ich werde den Landsitz immer als den Ort im Gedächtnis behalten, wo wir als Familie Spaß zusammen hatten. Mein Stiefvater hat es immer geliebt, wenn wir richtig schnell gefahren sind!

Ich hab gesehen, wie Tante Amaya ihren Schild für mehr benutzt hat als nur zur Verteidigung. Oben und unten ist er superscharf, sodass sie ihn auch beim Angriff als Waffe verwenden kann.

TANTE AMAYA

Tante Amaya ist die Schwester meiner Mutter, und beide hatten viel gemeinsam. Sie ist eine tapfere Kriegerin, wie auch meine Mutter eine war. Als Generalin schätzt man sie ebenfalls sehr. Meine Mutter hatte allerdings hören können, wohingegen Tante Amaya taub geboren worden ist. Das hat sie aber nicht davon abgehalten, einer der stärksten Soldatinnen in Katolis zu werden. Meine Mutter hat sogar einmal gesagt, Tante Amayas Besonderheit habe mit dazu beigetragen, dass ihre Achtsamkeit und ihr strategisches Gespür stärker sind als bei jedem anderen General!

ROLLE: Generalin in der Armee von Katolis

STÄRKEN/BESONDERE FÄHIGKEITEN: einer der körperlich stärksten Soldaten in der Armee; eine geschickte Schwertkämpferin; beherrscht die Gebärdensprache. Sie ist auch eine inspirierende Anführerin, und es macht die Soldaten stärker, sie an der Spitze zu wissen.

WAFFEN/ACCESSOIRES: Schwert; Schild; Rüstung

VORLIEBEN: ein guter Kampf; Frühstück; ihre Neffen

ABNEIGUNGEN: Lügner; Mahlzeiten auslassen; Salate; ~~Elfen~~

Ich bin stark genug, Fehler zuzugeben, und ich hatte UNRECHT damit, dass alle Elfen schlecht sind! Manche sind sogar ziemlich gut ...

– Eure Tante Amaya

Tante Amaya war nicht immer da, während wir aufwuchsen, denn sie und ihre Soldaten bewachten die Bresche, einen wichtigen Teil der Grenze zwischen den Menschenreichen und Xadia. Doch immer wenn sie das Schloss besuchte, nahm sie sich Zeit für uns.

GEBÄRDENSPRACHE

Tante Amaya hat mir ein bisschen Gebärdensprache beigebracht, als ich klein war, und Ez hat mich gebeten, ihm auch etwas beizubringen. Am leichtesten zu lernen ist das Alphabet.

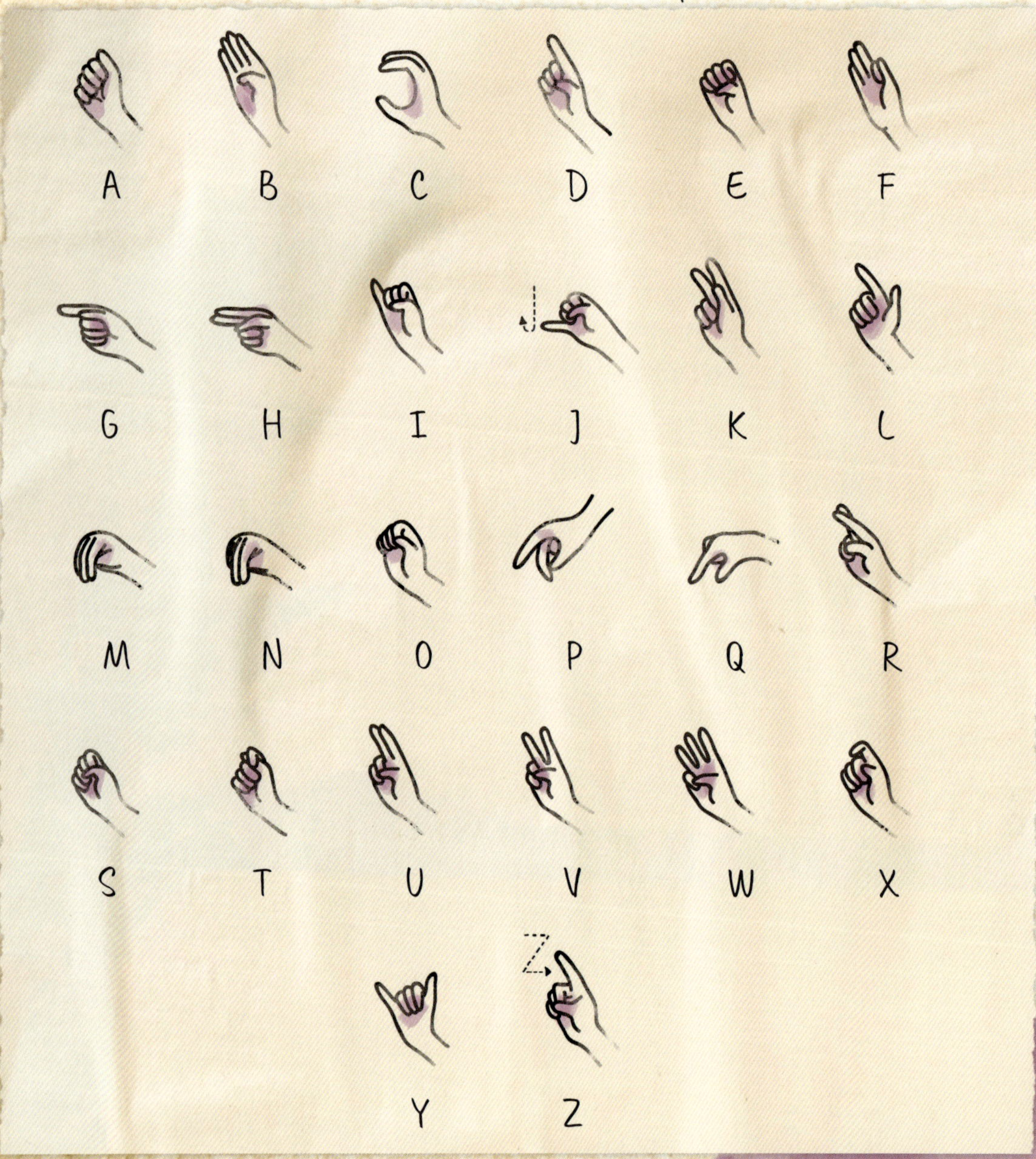

He, Ez – hier kannst du ein bisschen üben! Kriegst du dieses Geheimnis raus, das Tante Amaya mir immer erzählt hat, als wir klein waren?

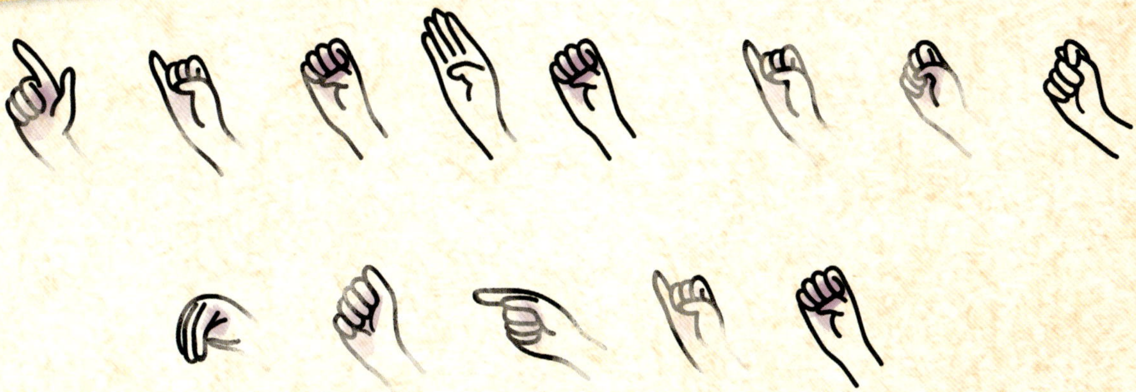

Ich glaub, ich hab's! Das ist sehr wahr. — Ez

Gren und Opeli gehören nicht zur Familie – aber unsere Familie wäre ohne sie nicht vollständig!

KOMMANDANT GREN

Er ist fast immer an Tante Amayas Seite, und nicht bloß, weil er ihr Gebärdensprachendolmetscher ist. Er ist ihr treuer und zuverlässiger Stellvertreter. Egal, wie schlimm die Dinge stehen, Gren ist immer heiter und optimistisch.

ROLLE: General Amayas rechte Hand und Dolmetscher

STÄRKEN/BESONDERE FÄHIGKEITEN: arbeitet hart und ist ehrlich; beherrscht die Gebärdensprache

WAFFEN/ACCESSOIRES: Schulter- und Armplatten; trägt keine Waffe

VORLIEBEN: Erdbeerkuchen; Amaya; Corvus; Ruhe und Frieden; Nudelgerichte

ABNEIGUNGEN: laute Geräusche; Senf; wenn Leute immer gleich aufgeben; schlechte Laune, die er immer gleich zu vertreiben versucht

HOHE-KLERIKERIN OPELI

Solange ich zurückdenken kann, war sie eine Ratgeberin König Harrows. Mein Stiefvater konnte sich stets darauf verlassen, dass sie ihn gut beriet. Sie ist die Einzige, die ich Lord Viren je die Stirn habe bieten sehen. Das scheint ihr sogar Spaß zu machen.

ROLLE: Klerikerin im hohen Rat von Katolis

STÄRKEN/BESONDERE FÄHIGKEITEN: Sie weiß jede Regel und jedes Gesetz des Königreichs auswendig.

ACCESSOIRES: Umhang mit Kapuze; silberner Haarreif

VORLIEBEN: Traditionen; Feiertage; Partys planen; der Strand

ABNEIGUNGEN: Durcheinander; Regelbrecher; Faulheit; zu viele Leute im Thronsaal

Als wir von König Harrows Tod erfahren hatten und Ezran beschloss, nach Katolis zurückzukehren, war ich ehrlich froh, dass Corvus einwilligte, ihn zu begleiten. Dass sie sich von zwei Banthern mitnehmen ließen, hat ihm dann aber weniger gut gefallen, glaub ich!

CORVUS

Corvus hatte zwar schon lange zu Tante Amayas Leuten gehört, aber ich fand erst heraus, wer er war, als sie ihn losschickten, um uns zu verfolgen. Rayla sagt, er könne besser Spuren lesen als ein Mondschatten-Elf, und das ist ein DICKES Kompliment.

ROLLE: Generalin Amayas oberster Fährtenleser – sie schickt ihn auf viele geheime Missionen

STÄRKEN/BESONDERE FÄHIGKEITEN: Er ist nicht nur ein fachkundiger Fährtenleser, sondern auch sportlich und loyal. Zudem hat er einen trockenen Sinn für Humor. Als ich ihm sagte, ich hätte einen »nassen« Sinn für Humor, hat er zwar genickt, aber nicht gelacht.

WAFFEN/ACCESSOIRES: Enterhaken; erdfarbene Kleidung, die ihm hilft, mit dem Wald zu verschmelzen

VORLIEBEN: Pferde; gut gebundene Knoten; Zelten; Schnitzeljagden gewinnen

ABNEIGUNGEN: Papierkram; drinnen festhängen; Rätsel; Ketten oder Seile, die sich verheddern

Corvus schwingt einen Haken am Ende einer Kette und schleudert ihn dann auf seine Gegner, um sie zu fangen oder ihnen die Waffen zu entreißen. Einmal hab ich ihn gefragt, ob seine Feinde wirklich glauben, dass das verrückte Ding seine Waffe sei, oder ob sie glauben, er wolle ihnen nur »auf die Ketten gehen«. Er hat genickt und diesmal sogar gelächelt, aber gelacht hat er nicht.

Als meine Mutter und ich damals aufs Schloss gekommen sind, kannte ich niemanden. Lord Viren und seine Kinder, Claudia und Soren, waren sozusagen meine zweite Familie.

Ich erinnere mich an Viren noch als einen gütigen Vater, der seine Kinder liebte. Jetzt ist er ein anderer Mann.

LORD VIREN

Als ich Lord Viren kennenlernte, war er der beste Freund meines Stiefvaters. Nachdem meine Mutter gestorben war, hat er dann, um dem Königreich zu helfen, immer mehr dunkle Magie angewandt, aber ich glaube, das hat alles nur schlimmer gemacht. Und jetzt sieht es so aus, als hätte die dunkle Magie seine Seele vergiftet.

ROLLE: Hochmagier des Königreichs Katolis

STÄRKEN/BESONDERE FÄHIGKEITEN: Er ist ein Meister der dunklen Magie; in der Vergangenheit hat er sie benutzt, um dem Königreich zu helfen. Jetzt, glaube ich, will er nur noch Macht für sich selbst.

WAFFEN/ACCESSOIRES: Sein Stab wurde von Elfen angefertigt, und ich hab gesehen, wie er damit dunkle Magie gewirkt hat.

VORLIEBEN: König Harrow; seine Kinder; wertgeschätzt werden; dunkle Magie; Probleme lösen; Rätsel; heißer brauner Morgentrank; starker Käse

ABNEIGUNGEN: Schwäche zeigen; Opeli; Möwen; milder Käse; jeder, der nicht seiner Meinung ist oder nicht mit ihm mithalten kann

In jener Nacht, als Ez und ich das Schloss verlassen wollten, belegte Lord Viren mich mit einem dunkelmagischen Zauber, sodass ich nicht mit meinem Stiefvater reden konnte. Sein Blick war ... das reine Böse.

Ich kenne niemanden, der so gern liest wie Claudia. Sie liest sogar beim Gehen! Einmal hab ich gesehen, wie sie gegen einen Baum lief, weil sie mit der Nase in einem Buch steckte.

CLAUDIA

Während ich aufwuchs, war Claudia eine meiner engsten Freundinnen, aber jetzt kommt's mir so vor, als wüsste ich nicht, wer sie ist. Mir gefällt die Vorstellung gar nicht, dass sie so böse sein könnte wie ihr Vater, aber sie scheint ihm und seiner Sache gegenüber loyal zu sein. Ich weiß, sie hat ein gutes Herz, also macht sie am Ende ja vielleicht doch das Richtige?

ROLLE: Magierin in Ausbildung; entsandt, das Drachenei von uns zurückzuholen

STÄRKEN, BESONDERE FÄHIGKEITEN: Sie ist echt gut im Zaubern.

WAFFEN/ACCESSOIRES: Ihre Tasche voller Zutaten, die sie für ihre dunkle Magie braucht; ihr Buch mit Zaubersprüchen

VORLIEBEN: ihre Familie (sie liebt Soren und Viren sehr!); uralte Ruinen; niedliche Sachen; heißer brauner Morgentrank

ABNEIGUNGEN: lauwarmer brauner Morgentrank

Als Claudia anfing, dunkle Magie zu lernen, hat sie damit lustige Sachen gemacht, zum Beispiel Soren Streiche spielen und extra-lockere Pfannkuchen machen. Sie hat sogar den »heißen braunen Morgentrank« erfunden, der ihr geholfen hat, nach einer Nacht des Lesens wieder munter zu werden.

Liebe Claudia,

ich weiß, wir sind schon lange befreundet. Aber in letzter Zeit hab ich irgendwie ... Funken zwischen uns gespürt (und nicht nur, wenn du tatsächlich Funken mit deiner Magie gemacht hast – ha ha!).

Ich wollte dir immer sagen, wie sehr ich es liebe, wie sehr du die Magie liebst. Ähm ... Das war verwirrend. Ich meine nur, deine Augen funkeln immer so, wenn du zauberst oder auch nur davon redest. Ich würde wirklich gern ein paar Zauber von dir lernen. Vielleicht gibst du mir mal eine Zauberstunde?

Wenn du mir keine geben willst, ist das auch in Ordnung, aber vielleicht könnten wir trotzdem, du weißt schon, abhängen? Du weißt schon, so, nur du und ich? Wir könnten heißen braunen Morgentrank trinken und einfach, du weißt schon, reden.

Wie auch immer ... Ich hoffe, dir gefällt die Zeichnung, die ich von uns gemacht hab. Quatschen wir bald mal? Vielleicht?

Dein

Callum

Ich hab Claudia diesen Brief geschrieben, war aber nicht mutig genug, ihn ihr zu geben. Ich hab ihn in mein Skizzenbuch geklebt und nicht mehr an ihn gedacht. Und jetzt ... bin ich froh, dass ich's nicht gemacht hab. Ich empfinde nicht mehr so wie damals. Vielleicht, weil Claudia nicht mehr die ist, die ich einmal gekannt hab.

Ich hoffe, ich bin eines Tages ein Zehntel so gut als Magier wie Claudia. Oder vielleicht ein Achtel, wenn ich hart daran arbeite!

Ich meine, wie könnte man dieses Gesicht nicht lieben? Seufz. Ich vermisse die alberne Claudia!

Soren versteht Claudias Besessenheit von Magie und magischen Wesen nicht. Für ihn ist ein guter altmodischer Schwertkampf der beste Weg, ein Problem zu lösen!

SOREN

Während Claudia ihrem Vater sehr ähnlich ist, erinnert mich Soren überhaupt nicht an Lord Viren. Er ist kontaktfreudig, laut und manchmal so richtig saudoof. Während wir aufgewachsen sind, hat er mich immer gehänselt, weil ich schwach war, und hat mir Namen wie »Stiefprinz« gegeben. Aber er hat mich immer zum Lachen gebracht.

ROLLE: Mitglied der Kronwache von Katolis (das jüngste aller Zeiten!); auf eine Mission entsandt, das Drachenei von uns zurückzuholen (und Ez und mich ein für alle Mal aus dem Weg zu schaffen!)

STÄRKEN/BESONDERE FÄHIGKEITEN: Schwertkampf; Reiten – all die Sachen, in denen ich als Prinz eigentlich hätte gut sein sollen, es aber nicht war

WAFFEN/ ACCESSOIRES: Rüstung; Umhang; Schwert

VORLIEBEN: Pfannkuchen; Butter; seine Muskeln

ABNEIGUNGEN: der Mond; Motten; Magie (vor allem dann nicht, wenn man es mit was Komischem oder Ekligem zu tun hat)

Soren hat mich definitiv manchmal schikaniert, aber er konnte auch unerwartel nett sein – zum Beispiel durfte ich einmal so tun, als hätte ich im Schwertkampf gegen ihn gewonnen, damit ich auf Claudia Eindruck machen konnte.

HEY, STIEFPRINZ!

ICH WEISS, DU HAST DEN GANZEN TAG DEINE NASE IN DIESEM BUCH, ALSO HINTERLASSE ICH DIR HIER MAL EIN PAAR TRAININGSTIPPS. WENN DU IRGENDWANN EIN RICHTIGER PRINZ SEIN WILLST, MUSST DU DEINE MICKRIGEN MUSKELN AUF VORDERMANN BRINGEN!

VOR JEDEM TRAINING MUSST DU DICH ORDENTLICH DEHNEN!

DIE SCHLOSSTREPPEN HOCHLAUFEN IST GROSSARTIG FÜR DEINE BEINMUSKELN.

BEI OFFIZIELLEN SITZUNGEN WIRD IMMER NUR GEREDET. NUTZ DIE ZEIT, WÄHREND ALLE QUASSELN, FÜR EIN PAAR KNIEBEUGEN.

MACH DAS ALLES JEDEN TAG, UND DU HEBST SCHON BALD MEHR ALS DEINEN BLEISTIFT (KAPIERT? WEIL DU IMMER AM ZEICHNEN BIST)!

– SOREN

Klar, das nehm ich mir fest vor, Soren.
Aber erst muss ich noch diese Zeichnungen
fertigmachen ...

Die ANDEREN MENSCHENREICHE

Neben Katolis gibt es noch vier andere Menschenreiche. Sie alle bestimmen mit darüber, ob die Menschen einen Krieg gegen Xadia führen oder nicht. Manche haben weit mehr zu sagen als andere!

EVENERE

REGENTIN: Königin Fareeda

SYMBOL: Libelle

Ich bin Königin Fareeda noch nie begegnet. Tatsächlich sind das die wenigsten – Evenere ist ein Inselreich weit im Westen, und man kommt nur mit dem Boot hin. Ich hab gehört, dass es dort echt sumpfig ist. Man könnte also meinen, die Leute wären eher mies drauf, aber mein Stiefvater hat immer gesagt, Königin Fareeda wäre vergnügt und heiter.

NEOLANDIA

REGENTEN: König Ahling, Prinz Kasef

SYMBOL: Elefant

Ich hab Prinz Kasef kennengelernt, da war ich noch ein Kind, und er hat mich an Soren erinnert: hochgewachsen, stark und gut in allem. Jetzt weiß ich, dass er eigentlich überhaupt nicht wie Soren ist. Er ist voller Zorn und Hass gegenüber Sachen, die er nicht versteht.

DUREN

REGENTIN: Königin Aanya

SYMBOL: Blume

Königin Aanya war praktisch noch ein Baby, als ihre beiden Mütter gestorben sind und sie den Thron geerbt hat. Viele Feinde hatten es auf sie abgesehen, aber sie hat sie alle besiegt. Dadurch wurde sie zu einer wirklich klugen Herrscherin. Ich weiß, wie es ist, beide Elternteile zu verlieren. Aanya muss aus ziemlich hartem Holz geschnitzt sein.

Königin Annika und Königin Neha baten einmal Katolis um Hilfe, als eine Hungersnot über Duren hereinbrach. Sie starben beim Versuch, das Herz des Magma-Titanen zu erbeuten, um beide Königreiche zu retten (dieselbe Mission, die meine Mutter das Leben gekostet hat).

DEL BAR

REGENT: König Florian

SYMBOL: Drache

Die paar Male, die ich König Florian begegnet bin, hat er so getan, als wäre er jedermanns Onkel. Er hat immerzu gelacht und allen Leuten echt hart auf den Rücken gehauen. Mein Stiefvater hat so getan, als täte es nicht weh, aber das hat es definitiv. Man muss wohl ziemlich stark und energisch sein, wenn man ein Königreich so hoch oben in den eiskalten Bergen regiert.

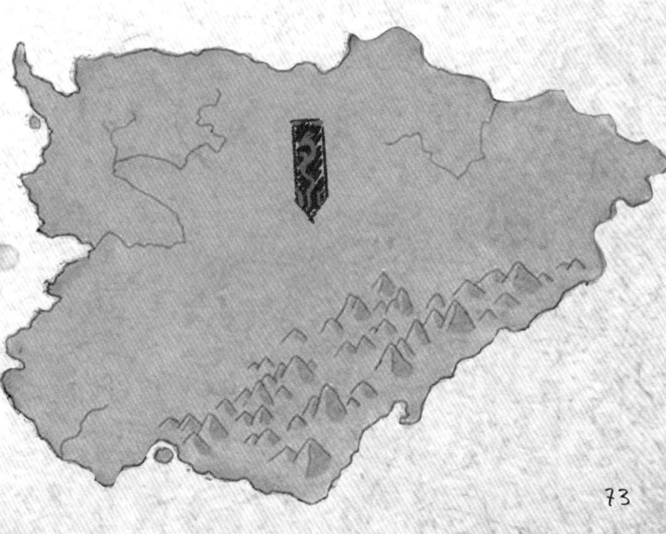

Auf dem Weg nach Xadia haben wir ORTE IN KATOLIS bereist, die ich noch nie zuvor gesehen hatte, und nebenbei NEUE FREUNDE gefunden. Dieses Notizbuch wäre nicht vollständig ohne sie!

ELLIS

Ellis ist ziemlich klasse. Ich meine, welches Kind reitet schon auf einem Wolf durch die Gegend? Wir hatten Glück, dass wir sie gefunden haben, denn ohne sie wären wir nicht über ihre kleine Bergstadt hinausgekommen.

ROLLE: Sie führte uns auf die Verfluchte Caldera, um uns zu helfen, jemanden zu finden, der das Drachenei heilt.

STÄRKEN/BESONDERE FÄHIGKEITEN: Sie hat ein mitfühlendes Herz, und sie ist mutig. Nicht viele Kinder würden ein verletztes Wolfsjunges retten, das sie im Wald gefunden haben.

ACCESSORIES: Wenn man in den verschneiten Bergen lebt, braucht man einfach eine Fellmütze!

VORLIEBEN: ihre zahme Wölfin Ava; mit Ezran herumhängen

ABNEIGUNGEN: jeder, der Tieren etwas zuleide tut

AVA

Als Ellis Ava fand, hatte die Wölfin eines ihrer Beine in einer Falle verloren. Ellis' Familie wollte ihr nicht erlauben, einen dreibeinigen Welpen zu behalten, also lief Ellis mit Ava davon. Sie stiegen gerade die Verfluchte Caldera hinauf, da fand sie eine geheimnisvolle Heilerin. Sie ließ Avas Bein nachwachsen – das dachte Ellis zumindest damals. Es hat sich aber herausgestellt, dass das magische Amulett um ihren Hals es so aussehen lässt, als hätte sie vier Beine – aber sie hat noch immer nur drei. Ava kommt mit den dreien prima zurecht. Nur der Rest der Welt glaubt, sie bräuchte vier!

Die VERFLUCHTE

Warum ist dieser Ort verflucht? Ortsansässige sagen, er sei von gruseligen Kreaturen bevölkert. Je höher man klettert, desto furchterregender werden sie!

Rayla dachte, der Berg sei womöglich nach dem berühmten Entdecker Sir Phinneas Verflucht benannt. Es gibt Bilder von ihm in den Geschichtsbüchern auf dem Schloss. Aber dieser Berg ist auf eine völlig andere Weise verflucht.

CALDERA

Es dauerte auch nicht lange, bis wir Monstern über den Weg liefen. Das erste war dieser gigantische Blutegel. Widerlich! Doch dank Ez fanden wir heraus, dass die Monster nicht real waren – es waren bloß Illusionen, die eine Mondmagierin erschaffen hatte.

Ich werde diesen Berg immer in Erinnerung behalten als den Ort, an dem Zym zur Welt gekommen ist!

Lujannes beste Freundin ist Phö-Phö (vielleicht wird sie auch Fö-Fö geschrieben?), ein xadianischer Mondphönix. Nahe beim Mondnexus ist sie am stärksten. Es könnte gefährlich für sie sein, zu weit davon wegzufliegen.

LUJANNE

Lujanne ist die Mondmagierin, die ganz oben auf der Verfluchten Caldera lebt. Sie erschafft die Monsterillusionen, um den Mondnexus zu beschützen, ein machtvolles Zentrum der Mondmagie, das die Elfen benutzt haben, bis die Welt in zwei Teile gespalten wurde. Zwar ist Lujanne am Ende doch keine Heilerin gewesen, aber sie wusste immerhin, was wir brauchten, damit Zym ausschlüpfen konnte. Und sie hat mir viel über Mondmagie beigebracht.

ROLLE: Hüterin des Mondnexus

STÄRKEN/BESONDERE FÄHIGKEITEN: Sie ist eine Meisterin der Illusion – sie gibt einem Würmer zu essen, und man glaubt, es sei köstlicher Kuchen!

ACCESSOIRES: Umhang mit Mondsymbolen

VORLIEBEN: Mit Menschen ihre Späßchen zu treiben, die dem Nexus zu nahe kommen, indem sie ihnen die Gehirne mit Illusionen vernebelt. »Die machen dich total plemplem«, hat sie gesagt.

ABNEIGUNGEN: Jahrzehntelang allein auf einem Berg zu leben, kann schon einsam sein, selbst wenn man einen magischen Vogel zur Gesellschaft hat.

Wenn Lujanne nicht gerade herumschnüffelnde Menschen verscheucht, muss sie sich ja mit irgendwas die Zeit vertreiben. Für sie gibt es keine härtere Gegnerin als sich selbst!

Der MONDNEXUS

Ich werde nie vergessen, wie Lujanne mir gezeigt hat, was sie dort auf dem Gipfel des Berges beschützt.

Der Mondnexus wird in meinem Gedächtnis haften bleiben, denn dort hat mir Claudia gesagt, dass König Harrow gestorben ist.

und der MONDSTEINKREIS

Dies ist der MONDSTEINKREIS. Vor langer Zeit, als Xadia noch ein Land war, haben Mondschatten-Elfen hier fantastische Rituale durchgeführt. Jetzt liegt er in Trümmern. Die Monddruiden haben ihn selbst zerstört, als Xadia geteilt wurde. Seither hat es immer einen Hüter des Mondnexus gegeben, der verhindert, dass die Menschen ihn entdecken.

Ein Nexus ist ein Ort, an dem die Magie einer Urenergie am reinsten und mächtigsten ist. Der MONDNEXUS spiegelt den Mond perfekt. Wenn er voll ist, füllt sein Licht den See komplett aus. Legenden zufolge konnten die Elfen der alten Zeit mit der Kraft des Nexus ein Portal zu einer anderen Ebene öffnen – einer schimmernden Welt zwischen Leben und Tod. Ich frag mich, ob das wohl stimmt.

Was man isst,

WENN MAN AUF DER FLUCHT IST

Also, das große Problem am Weglaufen ist, dass es keine hübsche warme Küche gibt, in die man gehen kann, um sich was Leckeres zu essen abzuholen. Auf dieser Reise haben wir steinhartes Brot gegessen, Mondbeeren und ... Würmer. Viele Würmer. Mehr Würmer, als man jemals essen sollte. Was bedeutet: jede Zahl größer als null.

Auf dem Banther-Landsitz haben wir uns mit altem Brot eingedeckt. Ich staune immer noch, dass wir uns nicht die Zähne daran ausgebissen haben!

Als Rayla uns zum ersten Mal Mondbeerensaft angeboten hat, dachte ich, das sei, na ja, Blut. Bis dahin hatte ich geglaubt, Elfen seien alle blutrünstige Dämonen – aber jetzt weiß ich es besser. Mondbeerensaft ist echt lecker. Zu schade, dass Beut ihn ausgetrunken hat!

Lujanne hat Würmer mit einer Illusion belegt, damit wir glauben, das wäre leckeres Essen. Aber sobald man die Wahrheit erfährt, verfliegt die Magie.

Als Ezran vom Schloss zurückkam, hat er mir das hier gegeben: das Rezept für Marmeladentörtchen von Barius dem Bäcker. Eines Tages, wenn all das hier vorüber ist, können wir welche zusammen machen.

MARMELADEN-TÖRTCHEN

Barius sagt, wir sollen aufpassen, dass uns immer ein Erwachsener mit dem Ofen hilft! — Ez

Zutaten:

1½ Tassen Mehl

½ Tasse Zucker

¼ Teelöffel Salz

½ Tasse erwärmte Butter

100 Gramm erwärmter Frischkäse

3 Esslöffel kaltes Wasser

½ Tasse Marmelade oder Gelee (jede Sorte, aber Prinz – ich meine König Ezran mag Erdbeere am liebsten)

1. Verrühre in einer Schale Mehl, Zucker und Salz. Füge dann Butter und Frischkäse hinzu. Verschlage es miteinander, so schnell du kannst, bis alles schön krümelig ist. Dann gib das Wasser dazu und schlag weiter, bis ein glatter Teig daraus wird.

2. Teile deinen Teigball in zwei Hälften. Drück sie beide flach und wickle sie in Folie. Lass den Teig für rund 3 Stunden an einem schön kalten Ort ruhen..

3. Mach den Ofen schön heiß: 190 Grad.

4. Streu etwas Mehl auf den Tisch und roll den Teig aus, sodass er ungefähr 3 Millimeter dick ist. Dann schneide Kreise mit etwa 6 cm Durchmesser aus dem Teig aus. Nimm dazu einen Keksausstecher – oder einfach ein umgedrehtes Glas, das geht auch! Leg die Teigscheiben auf ein Backblech.

5. Gib ½ Teelöffel Marmelade in die Mitte jeder Scheibe. Heb die Seiten an und drück sie an drei Stellen zusammen, sodass ein Dreieck entsteht. Du musst ganz fest drücken, damit die Marmelade beim Backen nicht ausläuft!

6. Back sie 8–10 Minuten lang oder bis die Ränder ganz leicht gebräunt sind. Lass sie abkühlen, bevor du sie isst, sonst verbrennst du dir die Zunge!

KAPITÄN VILLADS

Er spricht seinen Namen »Vilas« aus, mit einem stummen »d«, aber an diesem Piraten ist gar nichts stumm! Es mag merkwürdig erscheinen, dass wir uns einen blinden Schiffskapitän ausgesucht haben, damit er uns über die Bucht nach Xadia bringt, aber wir dachten uns, er würde nicht merken, dass Rayla ein Elf ist. Wie sich gezeigt hat, braucht Villads aber kein Augenlicht, um die Wahrheit zu erkennen!

ROLLE: Schiffskapitän

STÄRKEN UND BESONDERE FÄHIGKEITEN: über die Meere segeln; durch Stürme navigieren; mit anderen teilen, was er »über das Leben weiß«

ACCESSOIRES: sein Papagei Berto

VORLIEBEN: die Freiheit, auf offener See zu segeln; seine entzückende Frau Ruth, die keine Schiffe mag

ABNEIGUNGEN: Möwen. Ein Schwarm von ihnen hat ihm sein linkes Auge ausgepickt.

Villads' Schiff heißt Ruthruhtnichtgut. Villads Worte: »Benannt nach meiner lieben Frau Ruth, die leider auf See nicht schlafen kann.«

Captain Villads weiß wirklich viel übers Leben! Ich werde nie vergessen, was er mir geraten hat: Das Leben ist wie ein Fluss. Man kann nie weit vorausblicken. Versuche nicht, zu kontrollieren, wohin der Fluss strömt. Du kannst nur eins kontrollieren: dich selbst. Sobald du das weißt, kommst du klar, wohin der Fluss dich auch trägt. – Rayla

Rayla HASST Wasser!

Ich war überrascht, dass Rayla bereitwillig auf das Piratenschiff gestiegen ist, denn sie hasst Wasser! Ich meine, sie hasst es WIRKLICH. Ihr wird jedes Mal schlecht, wenn sie auf einem Boot ist.

Aber das Tolle an Rayla ist, sie überwindet ihre Angst, wenn sie auf diese Weise jemand anderem helfen kann. Es war ihr Vorschlag, über die Bucht zu segeln, um schneller nach Xadia zu gelangen. Und ein anderes Mal ist sie ins Wasser gesprungen, um Beut zu retten!

In den Sturm

Auf unserer Segelfahrt nach Xadia gerieten wir in einen Sturm – und da kam mir blitzartig eine Idee. Wir lagen an einer kleinen Insel, und ich sah eine Windmühle mit einem Blitzableiter oben drauf. Ich dachte mir, wenn ich mich mutig dem Sturm aussetze, könnte ich vielleicht eine Verbindung zum Himmels-Arkanum herstellen. Falls das klappt, könnte ich allein Magie wirken, ohne einen Urstein.

Mehr über Arkana im Abschnitt über Magie!

Zym kam mit. Er liebt den Regen und hatte überhaupt keine Angst.

Wir stiegen ganz bis oben auf die Windmühle ...
Aber ich hab gekniffen, bevor der Blitz schlug.

Ich kam mir blöd vor, weil ich mein Leben riskiert hatte – und Zyms –, aber Rayla wusste mich wie immer zu trösten.

XADIA

Jetzt, da wir in Xadia sind, geht mir eine Menge durch den Kopf. Meine Mutter ist dort gestorben, also müsste ich es eigentlich hassen. Aber seit ich klein war, wollte ich immer mal in dieses Land, wo überall Magie ist. Und jetzt bin ich endlich hier!

Es ist wunderschön. Hier gibt's ganz erstaunliche Pflanzen und Kreaturen, die ich noch nie gesehen hab, und ich will sie alle zeichnen! Ich möchte auch so viel wie möglich über Magie erfahren, solange wir hier sind. Aber im Augenblick ist dafür keine Zeit. Wir müssen Zym, so schnell es geht, zu seiner Mutter bringen und diesen Krieg beenden.

Die BRESCHE und der

Es nach Xadia hinein zu schaffen, ist nicht leicht! Tatsächlich ist es beinahe unmöglich. Es gibt eigentlich nur zwei Wege über die Grenze: die Bresche und den Mondsteinpfad.

MONDSTEINPFAD

DIE GRENZE (ich nenne sie auch gern »Lavastrom des Todes«) wurde mithilfe von Magie erschaffen, als der Kontinent in die Menschenwelt und die magische Welt geteilt wurde. Eine Zeit lang schien es, als wäre ein Überschreiten der Grenze unmöglich.

Doch schließlich entdeckten die Menschen einen geheimen Übergang nach Xadia, hoch über dem Lavastrom. Sie nannten ihn **DIE BRESCHE**. Auch dort kann man allerdings nicht einfach direkt ins andere Land hinüberspazieren. Tante Amaya und ihre Soldaten bewachen die Seite der Menschen, und Sonnenfeuer-Elfen stehen auf Xadias Seite Wache.

Bevor ich Rayla kannte, dachte ich, die Bresche sei der einzige Weg nach Xadia. Jetzt weiß ich, dass die Mondschatten-Elfen ihren eigenen, geheimen Weg über die Lava haben: den **MONDSTEINPFAD**. An diesem Punkt der Grenze schwimmen überall große, flache Steine auf der Lava. Die meisten versinken schnell, wenn man drauftritt. Doch bei Nacht lässt der Mond Runen – uralte Symbole – auf manchen der Steine aufleuchten. Auf die kann man gefahrlos treten – wenn man schnell genug ist!

XADIAS ELFEN

MONDSCHATTEN-ELFEN wie Rayla haben eine Verbindung zu den Kräften des Mondes.

SONNEN-FEUER-ELFEN nutzen die Kräfte, na ja, der Sonne und des Feuers.

Rayla sagt, dass man **STERNENHAUCH-ELFEN** nur selten sieht.

Ich muss zugeben, dass es mich ein bisschen nervös gemacht hat, das Land der Elfen zu betreten. Ich meine, ich weiß zwar, dass Rayla kein blutrünstiger Dämon ist, aber über die anderen Arten von Elfen weiß ich kaum etwas. Also hab ich Rayla gefragt, und sie hat mir ein bisschen was erklärt – zum Beispiel, dass es unterschiedliche Typen von Elfen gibt, die zu unterschiedlichen Urquellen in Verbindung stehen. Vielleicht hab ich Glück und lerne sie alle eines Tages kennen!

GEZEITENREITER-ELFEN stehen mit dem Ozean in Verbindung, aber Rayla hat tatsächlich nie einen gesehen (kein Wunder, wenn man bedenkt, wie sehr sie das Wasser hasst!).

Nur manche **HIMMELSSCHWINGEN-ELFEN** können fliegen! Weniger als einer von zehn wird mit Flügeln geboren.

ERDBLUT-ELFEN sind mit Bäumen und Pflanzen verbunden.

DER

Als wir in Xadia angekommen waren, nahmen wir direkt Kurs auf Raylas Zuhause im Land der **MONDSCHATTEN-ELFEN**. Über sie hab ich dort so viel erfahren – und auch über Rayla.

Raylas Dorf liegt tief im Wald und ist wahrhaft schön. Schimmernde Motten flattern überall herum, und sogar die Pflanzen leuchten im Dunkeln.

Rayla hat mir erzählt, dass man in ihrem Dorf die beste Mondbeeren-Überraschung bekommen kann, aber sie verrät mir nicht, was drin ist!

Wenn ich es dir sagen würde, wär's ja keine Überraschung!
– Rayla

SILBERHAIN

Wenn man einfach nur durch den Wald geht, sieht man das Dorf nicht. Man braucht einen Schlüssel, damit es sich einem offenbart. Das ist aber keiner aus Metall – es ist ein Tanz!

Schon bevor Raylas Eltern fortgingen, um sich der Drachenwache anzuschließen, halfen Runaan und sein Ehemann Ethari dabei, Rayla großzuziehen. Sobald sie laufen konnte, brachte Runaan ihr das Kämpfen bei.

RUNAAN

Dieser Attentäter der Mondschatten-Elfen hat die Mission angeführt, meinen Stiefvater und Ez zu ermorden. Es scheint, als hätte er nicht überlebt, und ich weiß, das trifft Rayla schwer. Er war nicht nur ihr Lehrer, sondern wie ein Vater für sie. Ich könnte ihn so einfach dafür hassen, dass er König Harrow umgebracht hat, aber mit Hass hat das alles ja überhaupt erst angefangen ...

ROLLE: Anführer der Mondschatten-Elfen-Attentäter, die nach Katolis geschickt wurden

STÄRKEN/BESONDERE FÄHIGKEITEN: Er war ein Meister des Bogenschießens, der Tarnung und der Geschwindigkeit.

WAFFEN/ACCESSOIRES: Pfeil und Bogen, die sich in Zwillingsklingen verwandeln; Lederstulpen; Mond-Opal-Anhänger

VORLIEBEN: Ethari; Rayla; Mondbeeren-Überraschung; Ordnung

ABNEIGUNGEN: über Gefühle reden; lächeln; bei Zusammenkünften Smalltalk machen

Bei Vollmond können Mondschatten-Elfen eine superheimliche magische Mondschatten-Form annehmen.

Niemand konnte Runaan in seiner Mondschatten-Form besiegen. Doch in jener Nacht auf dem Schloss war Rayla mutig genug, es zu versuchen, damit Ez und ich mit dem Drachenei fliehen konnten.

ETHARI

Ethari ist Runaans Ehemann, und er hat ebenfalls mitgeholfen, Rayla aufzuziehen. Er ist ein geschickter Handwerker, der sich auf Elfenwaffen spezialisiert hat. Rayla sagt, niemand könne so leichte, elegante, mächtige und ausgeklügelte Waffen fertigen wie Ethari.

Wenn ein Attentäter auf eine gefährliche Mission entsandt wird, verzaubert Ethari eine dieser Lotusblumen für ihn. Solange der Attentäter lebt und atmet, schwimmt die Blume oben.

Die Attentäter

Sechs Mondschatten-Attentäter nahmen an der Mission in Katolis teil. Von ihnen allen schaffte es nur Rayla wieder nach Hause.

Mondschatten-Elfen sind finster, kühl und still, **SONNENFEUER-ELFEN** hingegen feurig und heißblütig.

LUX AUREA

Die Stadt der Sonnenfeuer-Elfen ist aus Gold gemacht und aus Steinen, die im Sonnenlicht funkeln.

Sonnenfeuer-Elfen huldigen einem uralten Drachen namens Sol Regem. Auf all ihren Kronen, Waffen und Bauwerken ahmen sie die Form seiner Hörner nach.

Die SONNENSCHMIEDE

Sonnenfeuer-Elfen sind mächtige Krieger, bekannt für die mächtigen Waffen, die sie herstellen. Dabei hilft ihnen die **SONNENSCHMIEDE**.

Diese magische Esse bündelt das Licht und die Urmagie der Sonne. Das Licht konzentriert sich in der Kugel, und die Scheibe dreht sich, um den Strahl auf die Schmiede unter sich zu lenken.

Eine **SONNENSCHMIEDEN-KLINGE** ist eine magische Waffe, die so heiß ist, als käme sie gerade aus dem Schmiedefeuer. Man braucht eine besondere Scheide, um so eine Waffe zu tragen, denn sie brennt sich durch alles! Nun ... Fast alles. Rayla hat versucht, sich mit einer Sonnenschmieden-Klinge ihr Attentäterband abzuschneiden, doch nicht einmal das glühend heiße Metall konnte den Zauber der Bindung brechen.

Wenn Sonnenfeuer-Elfen wütend werden, können sie in den HITZE-WESEN-MODUS aufsteigen. Dann leuchtet ihre Haut echt wie geschmolzene Lava, sie werden superstark und können durch Feuer gehen.

He, Neffe! Du hast recht. Hitze ist ein Aspekt der Sonne – Licht aber auch. Es kommt zwar selten vor, aber manche Sonnenfeuer-Elfen haben einen LICHTWESEN-Modus, der ihnen ermöglicht, andere zu heilen. Jetzt weisst du Bescheid!

–Tante Amaya

Rayla hat mir von einer Elfenredensart erzählt: »Der Mond reflektiert die Sonne wie der Tod das Leben.« Mondschatten- und Sonnenfeuer-Elfen unterscheiden sich also, sind aber jeweils auf ihre eigene Weise mächtig.

JANAI

Tante Amaya sagt, ihr wäre niemals ein Sonnenfeuer-Elf über den Weg gelaufen, der sie im Kampf hätte übertrumpfen können – bis sie Janai begegnet ist.

ROLLE: Sonnenfeuer-Ritterin

STÄRKEN/BESONDERE FÄHIGKEITEN: Sie ist eine erfahrene Schwertkämpferin, die in den Hitzewesen-Modus schalten kann.

WAFFEN/ACCESSOIRES: Sonnenschmieden-Klinge; goldene Rüstung; goldene Krone

VORLIEBEN: für ihr Volk zu kämpfen; ehrenhafte Krieger; scharfes Essen; alle Arten von Tee; »Süßigkeiten, die nicht zu süß sind«

ABNEIGUNGEN: Feigheit; schlechte Hüte; »Süßigkeiten, die zu süß sind, also die meisten Süßigkeiten«; Menschen (Ich schätze, das ist so ein Trend bei Elfen. Aber es beruht auch auf Gegenseitigkeit.)

Die SONNENFEUER-KÖNIGIN

Sie ist Janais ältere Schwester und hat ein feurigeres Temperament als sie. Zwar ist sie eine gerechte Herrscherin, kann aber auch stur sein und hört nicht immer auf den Rat ihrer Schwester.

ROLLE: Königin des Sonnenfeuer-Reichs

STÄRKEN/BESONDERE FÄHIGKEITEN: Sie beschützt Lux Aurea schon seit dem Tod ihrer Großmutter.

WAFFEN/ ACCESSOIRES: Zepter der Radianz; goldene Kleider; goldene Krone; goldener Thron

VORLIEBEN: das Licht der Sonne die Wahrheit offenbaren lassen; streng richten; tanzen!

ABNEIGUNGEN: Feiglinge, die sich in Schatten verbergen; schwüles Wetter

Der DOLMETSCHER der ELFEN

Tante Amaya war sehr beeindruckt von dieser jungen Person namens Kazi, die die Gebärdensprache Katolis' verstand.

ROLLE: dolmetscht offiziell für die Sonnenfeuer-Königin

STÄRKEN/BESONDERE FÄHIGKEITEN: Klassenprimus in Linguistik, auch wenn Kazi sich gefragt hat, ob man die Gebärdensprachenforschung nicht lieber »Finguistik« nennen sollte, weil man doch mit den Fingern spricht statt mit der Zunge.

ACCESSOIRES: extrem coole Sonnenbrille

VORLIEBEN: Tagträume; harte Arbeit; Studieren. Und das Erlernen neuer Sprachen, was einem ganze Welten voller unbekannter Leute erschließt.

ABNEIGUNGEN: Ablenkungen; Stress; Verschlafen. Ebenso Krieg; Kommunikation ist ein weit effektiverer Weg, Probleme zu lösen (das sehe ich ganz genauso!).

Der erste **HIMMELS-SCHWINGEN-ELF**, der mir begegnet ist, heißt ...

NYX

Das schelmische Elfenmädchen sagte uns, es heißt Naimi-Selari-Nykantia ... Zum Glück lässt sie sich Nyx nennen. Sie sagte, sie arbeitet für die Drachenkönigin, und wollte, dass wir ihr Zym geben, aber wir haben uns geweigert.

ROLLE: Führerin durch die Mitternachtswüste

STÄRKEN/BESONDERE FÄHIGKEITEN: Nyx wurde mit Flügeln geboren, die ihr das Fliegen ermöglichen.

WAFFEN/ACCESSOIRES: Elfenstab mit Bumerang-Klingen an der Spitze. Damit wirft sie die Klingen und fängt sie auch wieder ein!

VORLIEBEN: ihren Reisegefährten, eine gewaltige Kreatur, die man Schlurfer nennt. Insgeheim mag sie auch den Geruch von Flatulpen!

ABNEIGUNGEN: erwischt werden; Seelenzahn-Schlangen; schmalzigen Kram

Die MITTERNACHTS

WÜSTE

Nyx beschrieb sie als »heiß, verflucht und entsetzlich«, und sie hatte recht. Der schwarze Sand zieht die Sonne an, deswegen ist er tagsüber superheiß. Nachts kommen tödliche SEELENZAHN-SCHLANGEN raus. Um zu überleben, muss man bis zum Sonnenuntergang die OASE IM ZENTRUM erreicht haben.

Wir hätten die Mitternachtswüste umgehen können, aber dann hätten wir eine zusätzliche Woche gebraucht – die Zeit hatten wir nicht. Also haben wir Nyx erlaubt, unsere Führerin zu sein und uns auf ihrem Schlurfer durch die Wüste zu bringen, obwohl wir ihr nicht getraut haben.

AARAVOS

Ich hab kürzlich von einer uralten geheimnisvollen Persönlichkeit namens Aaravos erfahren. In meinem Brief von König Harrow stand die Erklärung, dass der Runenwürfel der »Schlüssel des Aaravos«, eines Erzmagiers der Elfen, ist.

Ein paar der Elfen, denen ich in Xadia begegnet bin, hab ich nach ihm gefragt, aber die meisten sagten, sie hätten den Namen noch nie gehört. Falls doch, weigerten sie sich komplett, über ihn zu sprechen. Sehr eigenartig!

Mich als Zaubererneuling macht jemand, der so viel Magie beherrscht, dass die Leute ihn einen »Erzmagier« nannten, natürlich wahnsinnig neugierig. Aber warum hassen und fürchten ihn anscheinend alle so sehr?

Einmal hab ich in ein sehr altes Buch gefunden mit einem Bild von ihm darin, doch sobald ich es mir ansehen wollte, verschwanden sowohl das Bild als auch sein Name, als würde das Papier vor meinen Augen mit Tinte getränkt! Seinem Erscheinungsbild nach war er ganz klar ein Sternenhauch-Elf. Ich zeichne mal nach, was ich in dem Buch gesehen hab:

Diesen Text hab ich aus dem Buch mit Aaravos darin abgeschrieben, aber ich hab keine Ahnung, was das alles heißt.

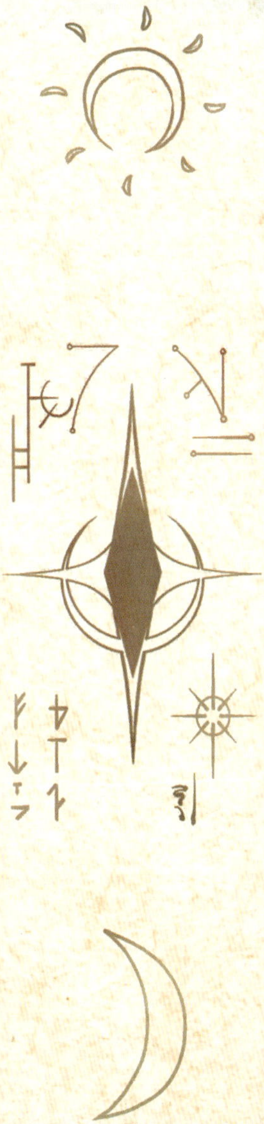

،إلاريون ، جليس ثقيل
، بكت بينما تحولت نجوم السماء إلى سواد
لقد ارتدوا أقنعتهم
، أداروا ظهورهم
.وتركوا إلاريون لتموت

، إلاريون ، وقشرتها تصارع الموت
، ذبلت و عنت في الظلام
حتى النجم الأخير
تواصل من بعيد
.لمسته: حريق ، هدية ، شرارة

، إلاريون ، ببياضها الناصع
.احتضنت اللهب الليلي الأسود الأعظم
،وعندما انحنت
، أعلنت إيمانها
.همس ، **"أرافوس"** ، اسمه

، إلاريون ، الطفلة ذو العيون السوداء
تنشر جذورها الملتوية بكل بعد
وبقوة الإنسان
اللتي اشتعلت
من أرافوس ، نجم منتصف الليل
نجم منتصف الليل

إلاريون، بذور ترتجف
.تستلقي على الأرض في ليلة جليدية
وفي البرد
جذبت جذورها
.تتحدى لدغة الشتاء القاتلة

، إلاريون ، وزهرتها المتفتحة
، تخاف من الذبول والظلمة والموت
لقد فتشت الظلام
عن شرارة
.فاشتعلت عيون التنين الجائعة

، إلاريون ، اللقيطة الخائفة
، أوصلت فروعها البيضاء نحو الليل
تسأل النجوم
لتلقي نورها
.وتوقف نار التنين الهائجة

،إلاريون ، جليس ثقيل
، بكت بينما تحولت نجوم السماء إلى سواد
لقد ارتدوا أقنعتهم
، أداروا ظهورهم
.وتركوا إلاريون لتموت

XADIAS WESEN

Ich könnte ein Jahr damit verbringen, einfach nur herumzureisen und die ganzen tollen Wesen zu zeichnen, denen ich begegne! Sicher gibt es noch so viel mehr zu entdecken.

ERZENGEL LUNARIS: Diese Motten sind so groß wie Vögel, haben silbrige Flüge und sind auf die Energie des Mondes und der Mondschatten-Elfen geeicht. Soren hat versucht, damit Runaans Attentätergruppe aufzuspüren, ehe sie Katolis angreifen konnten.

BANTHER: Diese Kreaturen sind in Katolis beheimatet, aber sie sehen eindeutig magisch für mich aus. Ich vermute, sie haben einmal im ganzen Land gelebt, bevor es geteilt worden ist.

Steht mir gut, oder?

KUSCHELKLETTEN: Sie sind anschmiegsam und hängen fest wie Kletten aneinander – geschnallt? (Ich liebe derartige Wörter!) Ich komm nicht drüber hinweg, wie süß sie sind, und es gibt sie in jeder Farbe des Regenbogens!

SCHLURFER: Ich glaub nicht, dass ich je eine so große Kreatur gesehen hab! Eines dieser gigantischen, sanften Tiere hat uns wohlbehalten durch die Mitternachtswüste getragen.

MONDSCHATTEN- & SONNENFEUER-REITTIERE: Ich sehe diese Reittiere irgendwie als Pferde für Elfen. Zwar sind sie eigentlich keine Pferde, aber sie sind schnell, stark und zuverlässig – und magisch.

Das ist ein **MONDSTREICHER.**

So eins hier nennt sich **SCHATTENPFOTE.**

Dies ist ein **DOPPELSCHWÄNZIGER INFERNOZAHNTIGER** ... Aber die meisten sagen nur »Feuerkatze« dazu.

SONNENVÖGEL: Diese Vögel sind so schön, wenn sie über den Himmel fliegen!

SEELENZAHNSCHLANGE: Nicht jedes Wesen in Xadia ist süß und knuddelig. Seelenzahnschlangen saugen ihrer Beute wortwörtlich die Seele aus und lassen sie als leblose Hüllen zurück. Wir hatten ein paar direkte Begegnungen in der Mitternachtswüste.

MAGMA-TITAN: Der Magma-Titan war eine überwältigende Kreatur, aber er wird mich immer an den Tod meiner Mutter und den Beginn dieses ganzen Krieges erinnern. Das Volk von Katolis hungerte. Lord Viren überzeugte meinen Stiefvater, dass man das Herz des Magma-Titanen für einen dunkelmagischen Zauber verwenden könnte, um Nahrung anzupflanzen. Meine Mutter wandte ein, dass es falsch wäre, ein denkendes, fühlendes Wesen zu töten, doch König Harrow hörte nicht auf sie. Sie erschlugen den Magma-Titan und retteten mit seinem Herzen Tausende von Menschenleben. Dann hat Donner aus Rache meine Mutter umgebracht ... Lord Viren und Harrow haben wiederum Donner getötet ... und jetzt haben wir den Salat.

XADIAS

DRACHEN

Drachen leben in Xadia friedlich mit den Elfen zusammen. Jeden Tag erfahre ich mehr über sie. Ich liste mal auf, was ich bis jetzt weiß:

- Drachen sind die **MÄCHTIGSTEN** Geschöpfe auf der Welt.
- Alle Drachen haben eine **VERBINDUNG** zu den sechs Urquellen: dem Mond, der Sonne, dem Himmel, den Sternen, dem Ozean und der Erde. Drachen, die eine extratiefe Bindung zu ihren Urquellen haben, nennen sich **ERZDRACHEN**. Sie sind unfassbar gewaltig und mächtig (Zyms Vater war ein Erzdrache, und Zym wird eines Tages ebenfalls einer sein).
- Andere Drachentypen sind kleiner als die Erzdrachen, aber sie haben dennoch ihre Urquellenbindung. Beispielsweise ist ein **WOLKENLINDWURM** ein Typ von Himmelsdrache. Er ist aber nicht so groß und mächtig, wie Zyms Vater es gewesen ist.
- Drachen sind komplexe, **INTELLIGENTE** Lebewesen, genau wie Menschen und Elfen. Manche leben allein, andere in Gruppen.
- Sie können **SPRECHEN**.
- Drachen leben sehr, sehr, **SEHR LANGE**.
- Besonders viele Drachen gibt es nicht, weil ganz selten ein Drachenei zur Welt kommt. Dass die Drachenkönigin **EIN EI LEGT**, kommt zum Beispiel nur alle paar Jahrhunderte einmal vor.

PYRRAH

Dieser Feuerdrache ist nach Zym der zweite Drache, der mir begegnet ist. Ez hat mir erzählt, dass dieses Weibchen Pyrrah heißt. Es flog gerade in der Nähe eines Menschendorfs, da beschlossen Soren, Claudia und ein paar Soldaten, es anzugreifen.

Rayla hat sich ihnen allen entgegengestellt, um den Drachen zu retten, aber damit konnte ich sie nicht einfach allein lassen. Ich hab einen dunkelmagischen Zauber benutzt, den ich Claudia hatte wirken sehen, um Pyrrah aus ihren Ketten zu befreien. Ja, es war wohl gefährlich, aber ich bereue es nicht. Ich weiß, dass es das Richtige war, ihr zu helfen.

AVIZANDUM
Der Drachenkönig

Die Menschen nannten ihn Donner, denn mit seiner Stimme erschütterte er Himmel und Erde, aber sein wahrer Name war Avizandum. Er war ein Erzdrache des Himmels und Zyms Vater. König Harrow und Lord Viren brachten ihn um, um den Tod meiner Mutter zu rächen.

ROLLE: früherer König der Drachen; Hüter der Grenze Xadias

STÄRKEN UND BESONDERE FÄHIGKEITEN: Er konnte tausend Meilen weit sehen und Vorgänge an der Grenze ausmachen. Bei einer Bedrohung durch Menschen konnte er sich in einen Blitz verwandeln und augenblicklich dort sein. Dann konnte er sie mit der Kraft des Donners in Angst versetzen oder vernichten.

SCHWÄCHE: Seinen kostbaren Erben zu beschützen, hat ihn verletzlich gemacht.

Er war so mächtig, dass all die anderen Drachen – und auch alle Elfen – ihn als ihren König akzeptierten. Man kann sich nur schwer vorstellen, dass der kleine Zym einmal zu einer derart mächtigen Kreatur heranwächst!

Der Tag, an dem Lord Viren und mein Stiefvater sich aufmachten, Avizandum zu töten, war zufällig auch der Tag, an dem das Drachenei auf die Welt gekommen ist. Harrow und Lord Viren verwandelten ihn mit dunkler Magie in **LEBLOSEN STEIN**, während er sich noch in Richtung des kostbaren Eis streckte. Noch heute liegt er so da und starrt zur Sturmspitze hoch.

Wenn ich über das Geschehene nachdenke, macht es mich gleichzeitig traurig, wütend und verwirrt. Was soll ich überhaupt empfinden? Zufriedenheit, weil wir unsere Rache gekriegt haben? Oder vielleicht Bedauern, weil es Zyms Vater gewesen ist? Hauptsächlich tut es mir so leid, dass das alles passiert ist ...

SOL REGEM

Sol Regem ist ein Erzdrache der Sonne. Vor Avizandum hatte er über Xadia geherrscht. Noch immer bewacht er einen Canyon, der nahe an der Grenze verläuft, aber er verlässt sich allein auf Gerüche und Geräusche, um Eindringlinge aufzuspüren, denn er ist nun blind.

ROLLE: Er war der herrschende König der Drachen, als der erste Krieg gegen die Menschen begann.

STÄRKEN UND BESONDERE FÄHIGKEITEN: Sol Regem steht mit der Sonne als Urquelle in Verbindung und kann sich ihre Macht für äußerst zerstörerische Flammenstöße zunutze machen.

SCHWÄCHE: Sein Hass gegenüber Menschen und dunkler Magie hat ihn zu einem zornigen Drachen gemacht.

Als Sol Regem noch König der Drachen war, war er mächtig, strahlend und stolz. Die Sonnenfeuer-Elfen beteten ihn an. Doch vor langer Zeit, als die ersten Kriege zwischen den Menschen und Xadia begannen, forderte ihn ein mächtiger Dunkelmagier heraus. Sol Regem machte ihm den Garaus, verlor dabei jedoch sein Augenlicht. Rayla sagt, seit damals sei er ein Symbol des Zorns und der Bitternis.

Es war nicht leicht, Zym sicher an Sol Regem vorbeizuschmuggeln, aber Rayla hatte einen guten Rat für uns: »Beim Schleichen geht's nicht darum, unsichtbar zu sein, sondern darum, unwahrnehmbar gegenüber allen Sinnen zu sein, über die der Feind verfügt.«

ZUBEIA
Die Drachen-königin

Zubeia ist die Drachenkönigin, Zyms Mutter. Als König Harrow und Lord Viren Donner getötet haben – Avizandum, meine ich –, da ließ Lord Viren es so aussehen, als hätte er Zyms Ei vernichtet. Zubeia muss untröstlich gewesen sein!

Viel weiß ich nicht über sie. War sie so mächtig wie der König – oder sogar noch mächtiger? Es ist auch ungewiss, ob sie einwilligt, den Krieg zu beenden, nur weil wir ihr Zym zurückbringen.

Eins weiß ich aber: Wir müssen es versuchen. Was auch passiert, Zym muss bei seiner Mutter sein. Ez, Rayla und ich haben zwar keine Eltern mehr, aber wir haben Menschen und Elfen um uns, die zu unserer Familie gehören. Und Zym – natürlich hat er immer noch uns. Aber seine Drachenfamilie braucht er auch. Er braucht seine Mutter.

Ich hoffe nur, wir gelangen rechtzeitig zu ihr!

Die STURM

Hier sind wir nun – hierhin hat die ganze Reise geführt. Am höchsten Punkt Xadias, der Sturmspitze, war einst das Drachenei gelegt und dann von Elfenwachen bewacht worden, bis Lord Viren es schließlich stahl. Und dort wartet jetzt Zyms Mutter darauf, dass wir ihr ihren Sohn zurückbringen.

Die Drachenwache

Zyms Eltern müssen so glücklich gewesen sein, als sein Ei auf die Welt kam!

SPITZE

Wir haben auf die harte Tour lernen müssen, dass das Atmen immer schwerer wird, je höher man steigt. Auf dem Weg hinauf gibt es einen Torbogen, auf dem auf Elfisch geschrieben steht: »Sei bereit für deinen letzten Atemzug.« Das klang ziemlich hoffnungslos. Aber Ez hat das Geheimnis rausgekriegt: Man muss sich buchstäblich Atemluft heranziehen, indem man eine magische Rune zeichnet. Puh!

REX IGNEOUS

Rayla hat mir erzählt, Rex Igneous sei der Erzdrache der Erde. Wir sind ihm beide nicht begegnet und werden es möglicherweise auch nie, da er tief unter dem Berg lebt und nur alle hundert Jahre oder so an die Oberfläche kommt. Aber er klingt so faszinierend! Sie hat ihn mir beschrieben, und ich hab ihn hier gezeichnet:

Als ich sie dann fragte, ob ich ihn einigermaßen hingekriegt hätte, zuckte sie nur mit den Schultern und sagte, sie sei dem großen Kerl niemals persönlich begegnet – aber sie will mich auf dem Laufenden halten, falls er irgendwann im nächsten Jahrhundert mal hochkommt, um frische Luft zu schnappen.

Gerüchten zufolge kann man Rex Igneous manchmal besänftigen, indem man ihm etwas Außergewöhnliches zu essen vorsetzt, was er noch nie probiert hat. Drachen sind komisch. Und großartig.

MAGIE!

Ich weiß, bei dieser Reise geht es darum, Zym seiner Mutter zurückzubringen, aber für mich geht es noch um etwas anderes: ein Magier zu werden.

Ich hatte nicht einmal gewusst, dass ich ein Magier werden könnte, bis zu der Nacht, da ich Rayla kennenlernte – jener Nacht, als die Attentäter der Mondschatten-Elfen das Schloss angriffen. Ich benutzte Claudias Himmels-Urstein, um einen Zauber zu wirken, und das hat sich großartig angefühlt. Ich konnte spüren, wie mir die Magie durch den ganzen Körper strömte. In dem Moment wusste ich, dass Magie meine Bestimmung ist.

Ich habe mich ganz und gar dem Ziel verschrieben, so gut zaubern zu lernen, wie es mir nur möglich ist. Darum schreibe ich auch alles auf, was ich lerne. Bis jetzt hab ich schon eine Menge von Rayla, Lujanne und Claudia gelernt – und dazu kommt noch das, was ich selbst rausgekriegt hab. Ich bin ein paar Risiken eingegangen und hab auch ein paar Fehler gemacht, aber ich weiß, dass ich meinem Ziel mit jedem Tag ein Stück näher komme!

URMAGIE

Jedes Mal, wenn man zaubert, tritt man mit einer der sechs **URQUELLEN** der Natur in Verbindung. In Xadia durchdringt diese magische Energie alles. Sie ist mal stärker, mal schwächer, zu verschiedenen Zeiten, an verschiedenen Orten.

In Xadia werden alle Kreaturen mit der Bindung zu einer Urquelle geboren. Sonnenfeuer-Elfen sind mit der Sonne verbunden. Eine Erzengel-Lunaris-Motte wird mit einer Bindung zum Mond geboren. Jede der Kreaturen Xadias hat ein Stück Urquellenmagie in sich, und die nennt sich **ARKANUM**.

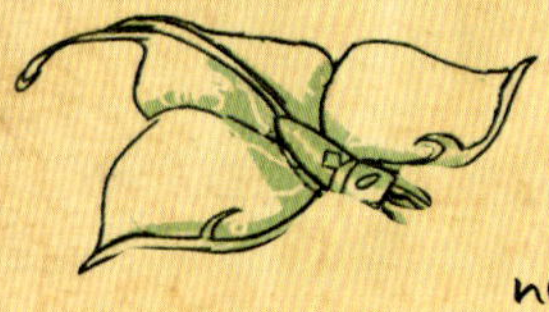

Menschen, das sagt jeder, werden <u>nicht</u> mit der Bindung zu einer Urquelle geboren (deswegen brauchen wir auch die Ursteine, um zu zaubern. Und außerdem haben die Menschen deswegen ausgetüftelt, wie man dunkle Magie benutzt).

Aber ... ich glaube, die Leute haben unrecht. Ich kann den Sog der Magie in mir spüren. Ich glaube, ich kann lernen, mich mit dem Himmels-Arkanum zu verbinden, und ich werde es versuchen.

Auf den folgenden Seiten steht alles, was ich bis jetzt über die Magie jeder Urquelle weiß. Ich werde fortlaufend alles ergänzen, was ich dazulerne!

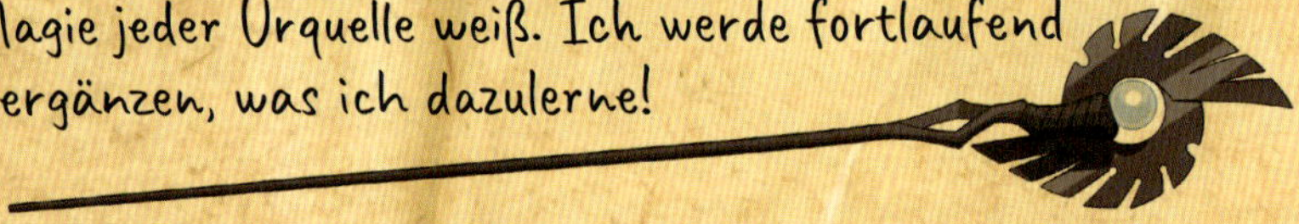

Rayla hat die Runen für mich gezeichnet,
die die Urquellen repräsentieren.

MONDMAGIE

Dank Rayla und Lujanne weiß ich über Mondmagie ein wenig mehr als über jede andere Art.

ZUSAMMENFASSUNG: Bei der Mondmagie dreht sich alles um den Geist und die Energie des Mondes, einschließlich eines »außerweltlichen« Gefühls. Darum hat Mondmagie oft mit Illusionen zu tun. Die Kraft der Mondmagie schwankt zyklisch: Abhängig von der Mondphase wird sie stärker oder schwächer. Das Mond-Arkanum ist das »Verständnis der Beziehung zwischen Augenschein und Wirklichkeit«. Deswegen kann Lujanne auch so gut Illusionen wirken – sie ist ja die Mondmagierin, die den Mondnexus auf der Verfluchten Caldera bewacht.

WANN DIE MAGIE AM STÄRKSTEN IST: während eines Vollmondes

MONDMAGIE, DIE ICH GESEHEN HAB: Lujannes Illusionen; Raylas Attentäterbindung; den Mondsteinpfad; Etharis verzauberte Lotusblumen

Während ich mehr über jede Form der Magie herausfinde, werde ich mir Wörter notieren, die mir dabei einfallen. Hier sind einige Wörter für die Mondmagie:

Illusion
Manipulation
Liebe
Tod
Charme
Reflexion

Abgeschiedenheit
Augenschein
dunkle Geheimnisse
Dualität

HIMMELSMAGIE

Zu dieser Urquelle spüre ich selbst die stärkste Verbindung. Falls ich mich einmal mit einem Arkanum verbinde, dann mit dem Himmels-Arkanum.

ZUSAMMENFASSUNG: Ich hab gehört, wie einige Leute die Himmelsmagie als »Wettermagie« bezeichneten, aber sie ist so viel mehr als das. Himmelsmagie speist sich aus der Weite des Himmels und der Energie und Bewegung der Winde. Ach ja, und Gewitter. Gewitter sind 'ne ziemlich große Sache in der Himmelsmagie. Und fliegen!

WANN DIE MAGIE AM STÄRKSTEN IST: während eines Sturms

HIMMELSMAGIE, DIE ICH GESEHEN HAB: der Aspiro-Zauber, der Wind erzeugt; der Fulminis-Zauber, der Blitze erzeugt; und ich hab Nyx von den Himmelsschwingen-Elfen fliegen sehen.

Ein paar Wörter, die ich mit Himmelsmagie verbinde:

Leichtigkeit
Schnelligkeit
Beweglichkeit
Schlauheit
Weitblick
Potenzial
Freiheit
Perspektive

SONNENMAGIE

Das meiste, was ich über Sonnenmagie weiß, stammt von den Sonnenfeuer-Elfen. Ich muss zugeben, dass die feurig-hitzige Sonnenmagie ziemlich beeindruckend ist. Sie macht mir sogar ein bisschen Angst!

ZUSAMMENFASSUNG: Sonnenmagie bedient sich der Hitze und Energie der Sonne. Sie kann Leben spenden (man denke daran, wie Sonnenlicht zum Beispiel Pflanzen besser wachsen lässt) oder unterdrücken und zerstören (man denke daran, wie sehr Sonnenbrände weh tun). Viele Sonnenzauber haben mit Feuer zu tun, was toll und gruselig zugleich ist. Im Großen und Ganzen strahlen Sonnenmagier aber eine sehr positive Energie aus: Sie empfinden es als ihre Mission, mehr Licht und Hoffnung in die Welt zu tragen.

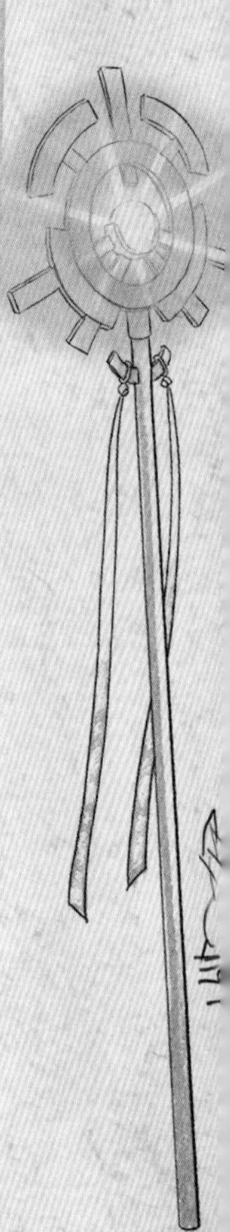

WANN DIE MAGIE AM STÄRKSTEN IST: wenn die Sonne am höchsten steht

SONNENMAGIE, DIE ICH GESEHEN HAB: Als wir in Ellis' Dorf ankamen, haben wir auf der Straße einen Söldner mit einer Sonnenschmieden-Klinge kämpfen sehen. Sie war genauso mächtig, wie Rayla erzählt hatte – aber nicht mächtig genug, um ihr Attentäterband zu durchtrennen.

Wörter für Sonnenmagie:

Energie
Raserei
Intensität
Optimismus

Lehre
Wärme
Charisma
Enthüllung

Wahrheit
Ehrlichkeit
Führung
Leuchtfeuer

ERDMAGIE

Rayla hat mir nicht viel über Erdmagie erzählt. Aber wenn ich mich in Xadia mal als Elf verkleiden muss, dann werde ich mich für eine Erdblut-Elfen-Verkleidung entscheiden!

ZUSAMMENFASSUNG: Erdmagie zieht ihre Kraft und Energie aus dem Land selbst. Es gibt zwei Haupttypen der Erdmagie: 1.) Magie, die mit Steinen, Mineralen, Kristallen und Edelsteinen zu tun hat; und 2.) druidische Magie mit einem Bezug zu Bäumen, Pflanzen, Natur, Tieren und Ähnlichem.

WANN DIE MAGIE AM STÄRKSTEN IST: wenn man tief unter der Erde ist

ERDMAGIE, DIE ICH GESEHEN HAB:
Noch gar keine, aber ich frag mich, ob all diese fantastischen Pflanzen, die ich im Wald Xadias gesehen hab, mit der Erd-Urquelle in Verbindung stehen.

Hier sind ein paar Pflanzen, an die ich mich erinnere:

Die Melodahlie spielt Musik.
Und diese hier verströmt stinkendes Gas! Man nennt sie Flatulpe, Pupilie oder Stinkmütterchen, aber ihr geläufigster Name ist Furzblume.
Ja, ganz recht!

Wörter, die zur Erdmagie passen:

Stärke	Geduld
Ausdauer	Heilung
Sturheit	Wachstum
Frühgeschichte	Gleichgewicht

OZEANMAGIE

Dies ist wahrscheinlich die Urquelle, über die ich im Augenblick am wenigsten weiß. Schloss Katolis ist weit vom Ozean entfernt. Nach dem, was Lujanne mir erzählt hat, ist jede Art der Wassermagie mit dem Ozean als seiner Urquelle verbunden. Das heißt dann wohl, dass man Ozeanmagie in jedem Fluss oder Strom finden kann.

ZUSAMMENFASSUNG: Ozeanmagie speist sich aus der Tiefe und Macht der Ozeane und Gezeiten. Eismagie gehört ebenfalls dazu, wie Gefrierzauber. Ich frag mich schon eine Weile, ob Ozeanmagier eigentlich unter Wasser atmen können. (Das wäre ganz nützlich gewesen, als das Drachenei durchs Eis gebrochen und Ezran ins Wasser gesprungen ist, um es zurückzuholen!)

WANN DIE MAGIE AM STÄRKSTEN IST: bei Flut

WASSERMAGIE, DIE ICH GESEHEN HAB: Noch keine, aber auf dem Weg nach Xadia hat uns einmal beinahe ein Flussmonster gefressen. Vielleicht war diese Kreatur magisch?

Wörter, die was mit Ozeanmagie zu tun haben könnten:

Flexibilität

Transformation

fließen

Oberfläche vs. Tiefe

Navigation

Achtsamkeit

STERNENMAGIE

Rayla sagt, Sternenmagie sei vielleicht die mächtigste Magie, die es gibt. Sie ist sehr geheimnisvoll, und viel ist nicht darüber bekannt. Wahrscheinlich, weil die Sterne so weit weg sind ...

ZUSAMMENFASSUNG: Sternenmagie wird manchmal »himmlische Magie« oder »kosmische Magie« genannt. Sie bedient sich der enormen und zeitlosen Macht des Kosmos. Um ehrlich zu sein, hab ich gehört, dass Sternenmagie ein bisschen ... »abgedreht« sein kann, irgendwie schwer zu verstehen. Sternenmagier sind extrem selten: Über mehrere Generationen hinweg wird vielleicht nur einer geboren.

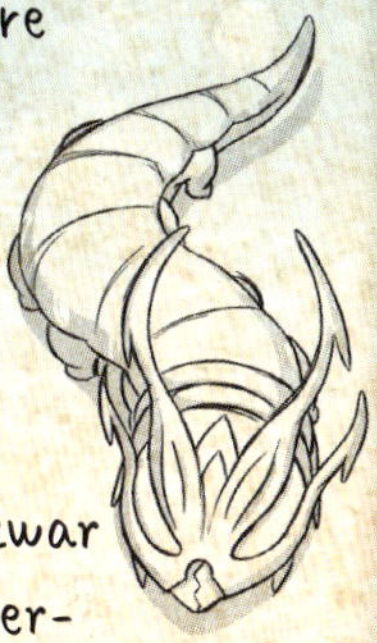

WANN DIE MAGIE AM STÄRKSTEN IST: ???

STERNENMAGIE, DIE ICH GESEHEN HAB: Eine Verbindung zur Sternenmagie habe ich immerhin, und zwar den Runenwürfel, den ich auf dem Banther-Landsitz gefunden hab. Zu dem Würfel kommen später noch mehr Notizen, weil ich praktisch die ganze Zeit neue Sachen rausfinde!

Ein paar Wörter, die einen Bezug zu Sternenmagie haben könnten:

Vision
Wahrheit
Intelligenz
realitäts-verändernd
jenseitig
Vorsehung
Wünsche

mysteriös
zeitlos

Der RUNENWÜRFEL

Irgendwie hab ich das Gefühl, es ist Bestimmung, dass ich den Würfel hab. Ich weiß noch, wie ich ihn als Kind auf dem Banther-Landsitz gesehen und gedacht habe, das wäre ein Spielzeug.

Aber als Rayla die Urquellen-Runen für mich gezeichnet hat, hab ich sie sofort wiedererkannt. Ich hatte so eine Eingebung, dass wir zum Banther-Landsitz müssten und ihn holen, und das haben wir dann auch gemacht.

Erst später fand ich raus, dass König Harrow ihn mir zugedacht hatte. Das ist mehr als bloß ein Zufall, oder? Irgendwas Besonderes hat dieser Würfel an sich, und ich muss mehr darüber in Erfahrung bringen. Hier kommt, was ich bis jetzt darüber weiß:

- Er hat einem **MÄCHTIGEN ELFENZAUBERER** namens Aaravos gehört.
- Man nennt ihn den **SCHLÜSSEL DES AAVAROS**, und angeblich kann man damit irgendwas Wichtiges aufschließen – nur was?
- Wenn man ihn an etwas dranhält, was Magie in sich birgt, dann **LEUCHTET DIE ENTSPRECHENDE RUNE.** Bringe ich sie zum Beispiel in Beuts Nähe, dann leuchtet die Sonnenrune auf, weil Leuchtkröten mit der Sonne als Urquelle verbunden sind.

- Mir ist aufgefallen, dass etwas Interessantes passiert, wenn ich den Würfel über den Boden kullere: Er hinterlässt Spuren, die jedes Mal in dieselbe Richtung zeigen. Sobald wir in Xadia ankamen, wurden die Markierungen länger, zeigten aber immer noch in dieselbe Richtung. Wird der Würfel etwa **IRGENDWOHIN GEZOGEN?**

URSTEINE

Eins hab ich in Xadia gelernt: Magie ist zwar überall, aber ich muss dennoch in der Nähe natürlicher Urenergie sein, um einen Zauber zu wirken. Es ist leicht, Himmelsmagie während eines Unwetters anzuwenden, weil die natürliche Urenergie überall um einen herum ist.

Aber was, wenn zum Beispiel eine Ozeanmagierin mitten in der Wüste festhängt? Hier kommen die Ursteine ins Spiel. Vor wirklich langer Zeit haben Magier mithilfe von Ritualen Urenergie eingefangen und sie in mächtige Kugeln eingeschlossen. Hätte unsere Ozeanmagierin nun einen Ozean-Urstein dabei, so könnte sie ihre Magie überall auf der Welt wirken, ob sie nun in der Nähe des Ozeans ist oder nicht.

Ich hab Rayla gefragt, warum die Menschen nicht einfach Ursteine benutzten, statt sich der dunklen Magie zuzuwenden, und sie hat gesagt, Ursteine seien nun mal extrem selten. Die Magie, mit der sie erschaffen wurden, sei in Vergessenheit geraten.

Ich hab immer noch irgendwie ein schlechtes Gewissen, weil ich den Himmels-Urstein zerbrochen habe, den ich Claudia geklaut hab. Ich weiß, dass er sich niemals ersetzen lässt. Der Stein hat mir viel bedeutet, denn er hat mir geholfen, zu verstehen, dass ich ein Magier bin. Mit seiner Hilfe konnte ich einen Zugang zur Magie finden.

Dann drohte Zym jedoch in seinem Drachenei zu sterben. Lujanne sagte, er müsse schlüpfen, um zu überleben, und um zu schlüpfen, brauche er einen Sturm. Ich begriff, was ich zu tun hatte. Ich zerschmetterte den Himmels-Urstein und setzte den Sturm in seinem Inneren frei. Das war keine leichte Entscheidung – aber ich weiß, dass es das Richtige gewesen ist, Zym zu retten.

RUNEN-MAGIE

Sich mit einer Urquelle zu verbinden – in der Natur oder mithilfe eines Ursteins –, ist nur der erste Schritt, einen Zauber auszuführen. Sobald man die Energie angezogen hat, muss man sie **BÜNDELN** und anschließend **FREISETZEN**.

Um Urenergie zu bündeln, muss man mit dem Finger in die Luft eine **RUNE ZEICHNEN**. Das hab ich von Claudia gelernt. Den Zauber lässt man dann los, indem man das richtige **DRAKONISCHE WORT** sagt – also ein Wort aus der Sprache der Drachen.

Claudia hat Jahre damit verbracht, alle Arten von Runen und drakonischen Wörtern zu studieren. Ich kenne nur Sprüche, die ich bei ihr schon einmal gesehen habe. Ich weiß nicht, ob ich jemals ein so guter Magier wie Claudia sein werde, aber ich werde es versuchen!

Mein erster Zauber:

ASPIRO

Aspiro ist ein himmelsmagischer Spruch. Ich hab Claudia ihn einmal wirken sehen. Als Rayla, Ez und ich herausgefunden hatten, dass Lord Viren das Drachenei versteckt hielt, hat Claudia zu verhindern versucht, dass wir es mitnehmen. Ich hab ihr den Himmels-Urstein weggenommen, aber dann hat sie uns dunkelmagische Wölfe aus Rauch hinterhergehetzt. Ich hielt den Stein in einer Hand vor mich, zeichnete mit dem Finger die Rune und sagte: »Aspiro!« Dann hab ich die Rauchwölfe weggepustet, und wir sind geflohen.

Aspiro ist ein sehr praktischer Zauber! Ich hab ihn seitdem noch ein paar Mal benutzt:

- Als wir von einer Lawine überrascht wurden, hab ich mithilfe von Aspiro den Schnee weggeblasen.
- Ich hab Zym damit geholfen, endlich zu fliegen; so konnte er die Sonne verdecken, was uns ermöglicht hat, die Grenze auf dem Mondsteinpfad zu überqueren.
- Ich hab meinen Schal (und meinen Geruch!) von Sol Regem weggeweht, als wir versucht haben, an ihm vorbei nach Xadia hineinzuschleichen.

Mein zweiter Zauber:

FULMINIS

Das ist ein wirklich cooler Zauber, mit dem man echte Blitze verschießen kann! Claudia zielte mal mit einem auf Rayla, als wir mit dem Drachenei aus dem Schloss flohen, aber ich hielt sie auf. Später versuchte ich dann, den Zauber zu üben, aber ich hatte das drakonische Wort vergessen. Ich hätte mich fast selbst gebraten! Ich musste den Urstein von mir werfen, um den Zauber zu stoppen. Von jetzt an fang ich einen Zauberspruch nur dann an, wenn ich auch weiß, wie man ihn beendet!

Rayla kam schließlich darauf, dass das drakonische Wort für Blitz gemeint sein musste: Fulminis. Mit meinem neuen Wissen gewappnet konnte ich anfangen, Fulminis ernsthaft zu benutzen. Auf der Verfluchten Caldera hab ich damit einen riesigen Blutegel von uns ferngehalten.

Natürlich werde ich jetzt, da ich den Himmels-Urstein zerstört hab, niemals wieder Fulminis oder Aspiro anwenden können – es sei denn, ich finde einen Weg, mich mit dem Himmels-Arkanum zu verbinden. Ich weiß, dass ich es schaffen kann! Ich muss daran glauben. Denn wenn ich kein Magier bin, wer bin ich dann?

DIE VERWENDUNG DUNKLER MAGIE

Es ist so süß, dass du dein eigenes kleines Zauberbuch führst, Callum! Ich wette, du wirst ein großartiger Magier, aber ich verstehe nicht, warum du so sehr gegen dunkle Magie bist. Menschen werden nicht mit Magie geboren wie die ganzen hochnäsigen Elfen; wir werden mit nichts geboren. Aber wir haben dennoch gelernt, erstaunliche Dinge zu tun! Und darum geht es eigentlich bei der dunklen Magie.

Stell sie dir wie eine Art praktische Abkürzung vor. Da wir keine eigene Magie haben, müssen wir sie eben anderen Wesen wegnehmen. Jeder zerquetscht doch störende Insekten, oder? Alle Menschen machen das. Was ist also falsch daran, eine Glutrückenspinne zu zerquetschen und mithilfe ihrer magischen Energie einen Feuerball zu erschaffen? Dieser Feuerball könnte in der Schlacht jemandem das Leben retten – einem Menschen. Ist ein Menschenleben denn nicht mehr wert als das einer Spinne? (Ich glaube ja, dass sogar der gemeinste Mensch noch mehr wert ist als eine Heilige unter den Spinnen.)

Dunkle Magie ist nicht gruselig oder falsch; denk sie dir als die siebte Quelle – zufälligerweise die einzige, die Menschen leicht benutzen können. Überwinde deine Furcht vor der dunklen Magie, Callum, und du wirst eines Tages ein wirklich großartiger Magier!

– Claudia

PS: Hast du gewusst, dass es ein paar dunkelmagische Zauber gibt, mit denen du dauerhaft deine Finger und Hände verzaubern kannst, um hübsche Tricks zu machen? So kann ich meine Hand als Licht benutzen oder mit einem Schnipsen eine Kerze anzünden.

Ich weiß, Claudia meint es nur gut (und ein Handlicht ist wirklich ziemlich cool), aber ich glaube, sie sagt nicht die ganze Wahrheit. Menschen bringen für ihre dunkelmagischen Zauber mehr als bloß Spinnen um. Sie töten wunderschöne Wesen wie Einhörner oder Phönixe. Und meine Mutter hat immer gesagt, dass dunkle Magie ihren Nutzer verändert ... Sie verdirbt ihn und macht ihn böse. Ich hoffe, das passiert Claudia nicht! Ich weiß, dass sie im innersten Herzen gut ist.

Hier sind ein paar dunkelmagische Zauber, Callum, damit du siehst, wie sie funktionieren. Dunkle Magie bedient sich nicht der drakonischen Sprache. Stattdessen werden Menschenworte rückwärts gesagt. Es ist nicht schwer, sobald du einmal den Dreh raushast! Aber bitte versuch keinen von den Sprüchen hier allein. Du brauchst jemanden, der dir beibringt, wie man sie sicher ausführt, einen Dunkelmagierkumpel – mich!

FEUER MACHEN

Der hier ist wirklich nützlich! Zerdrück eine Glutrückenspinne und sage rückwärts: »Springende hüpfende Flammen.« Das erzeugt ein bisschen Feuer, das zwischen allen Zielen hin und her springt, an die du beim Zaubern denkst.

KNEBEL-ZAUBER

Nimm die mumifizierte Pfote eines xadianischen Singwiesels (am besten funktionieren Altstimmen, aber notfalls tun's auch Soprane oder Tenöre) und sag rückwärts: »Stiehl die Stimme.« Dann gleitet ein magisches Licht in die Kehle deines Ziels und hindert es am Sprechen.

Den hat Lord Viren auf mich angewandt!

AUFSPÜRZAUBER

Der hier ist ein bisschen fortgeschrittener: Zunächst brauchst du ein bisschen Haar oder Zehennagel von der Person, die du aufspüren willst, und dann noch ein Glas magische Irrlichter. Wenn du beides hast, steigst du auf den höchsten Berg im Land. Zünde das Haar an und sprich rückwärts: »Verschmelzt eure Essenz.« So erzeugst du eine magische violette Flamme. Lenke sie in die Irrlichter, und dann sagst du: »Suche (Name der Person, die du aufspüren willst).« Die Irrlichter weisen dir dann den Weg zu deinem Ziel.

RAUCHWÖLFE

Für den hier streust du die Asche xadianischer Wölfe auf eine »Schattenlebenskerze« (hergestellt aus dem Blut eines Mondphönix, vermischt mit dem Ohrenschmalz eines Drachen). Dann sprich rückwärts: »Asche der Gefallenen, erhebt euch aufs Neue, rauchige Verfolger.« Und dann lass die Wölfe tun, was immer du willst. (Tipp: Das kann man auch mit der Asche anderer Sachen statt Wölfen machen.)

Genau das meine ich: Asche von Wölfen und das Blut eines Phönix. Das ist doch grausam!

SCHLANGENKETTEN

Für diesen hier benutze ich meine Schlangen-Armreifen. Ich weiß nicht genau, wie sie ursprünglich gefertigt wurden, aber wie auch die Wieselpfoten sind sie mit dunkler Magie verzaubert. »Schlängelnder Stahl, fessle«, sage ich rückwärts, und die Armreifen werden erst wieder zu Schlangen und verwandeln sich dann in Ketten, die meine Feinde fesseln.

Von der FINSTERNIS zum LICHT

Ich hätte nie gedacht, dass ich mal dunkle Magie benutze. Nie. Doch als Rayla versuchte, den Feuerdrachen zu beschützen, musste ich ihr helfen. Ich wusste Claudias Schlangenkettenzauber noch – und wenn Claudia ihre Feinde damit fesseln konnte, vielleicht konnte ich sie dann ja entfesseln. Als sie gerade nicht guckte, nahm ich ihr Zauberbuch, und in ihrer Tasche fand ich die Rassel einer magischen Schlange. Dann sagte ich den Spruch rückwärts: »Schlängelnder Stahl, löse dich!«

So rettete ich den Drachen und Layla. Aber ich zahlte einen Preis dafür. Mir war schlecht. Als wäre ich vergiftet worden oder so. Dann schlief ich ein, und ich hatte eine echt komische Vision. Zuerst hatte ich diesen Streit mit … mir selbst. Sozusagen eine böse Version von mir. Darüber, ob es richtig ist, dunkle Magie anzuwenden, oder nicht.

Als Nächstes erschien Kapitän Villads mit seinem Schiff. Wir segelten auf einer stürmischen See. »Sei wie der Wind!«, sagte er zu mir, und plötzlich war ich das Segel des Boots! Dann veränderte sich die Vision … und ich steuerte das Schiff selbst. Ein paar merkwürdige Dinge passierten, und das Schiff schlug in Stücke. Ich versank im Wasser, tiefer … und immer tiefer.

Dann hörte ich die Stimme meiner Mutter … Sie sagte, ich solle atmen. »Um etwas wirklich und wahrhaftig zu erkennen, musst du es mit Kopf, Hand und Herz begreifen«, sagte sie zu mir. »Mit Verstand, Körper und Seele.«

Als ich aufwachte, sah ich, dass Rayla die ganze Zeit über mich gewacht hatte. Das machte mich glücklich. Und noch etwas machte mich glücklich: Ich verstand nun endlich das Himmels-Arkanum!

Dass ich mich mit dem Himmels-Arkanum verbinden konnte, ist klasse. Der Wahnsinn. Aber es ist nicht das Wichtigste. Das Wichtigste ist, Zym wieder zu seiner Mutter zu bringen.

Wenn ich ihn ansehe, sehe ich mehr als bloß einen niedlichen kleinen Drachen. Ich sehe Hoffnung. Hoffnung für die Zukunft. Denn falls wir Erfolg haben – wenn wir Erfolg haben –, dann bringen wir der Menschenwelt und Xadia den Frieden. Ich weiß: So viele Generationen vor uns sind dem Misstrauens verfallen und schließlich der Gewalt und dem Krieg. Aber ich glaube, dass wir anders sein können: Wir schaffen uns eine Zukunft voller Liebe.

Kitschig, oder?

Gar nicht kitschig, Callum. Liebe ist Magie!
– Rayla

Also trat ich in die Brise. Schloss die Augen. Atmete. Atmete noch ein wenig. Und dann malte ich die Rune und sagte das Wort: »Aspiro.« Und ich hab's tatsächlich geschafft! Ich hab Wind erzeugt! Ohne einen Urstein und ohne die Hilfe dunkler Magie.

Jetzt ist es offiziell.

ICH BIN EIN MAGIER!!! Äh, ich meine …
Ich bin ein Magier.

Mein Ratschlag an alle, die etwas Schweres erlernen wollen: Manchmal kann es so viel sein, dass es sich überwältigend anfühlt, frustrierend und unerreichbar. Mein Rat: Versuch, geduldig zu sein, atme und vertraue darauf, dass du irgendwann alles begreifst!

ICH BIN DER FLÜGEL!

Beim Himmels-Arkanum galt es nicht, nur eines zu lernen – sondern alles zugleich. Es musste einfach zusammenkommen. Jetzt endlich verstehe ich es. Die ganze Welt ist wie ein gigantischer Urstein, und wir sind mittendrin! Ich bin in der Himmelsmagie, aber sie ist auch in mir, mit jedem Atemzug, den ich tue.

Die ganze Zeit hatte ich über Vögel nachgedacht, über Segel und wie sie sich mit dem Wind verbanden, und ich hatte geglaubt, ich müsse meine eigenen Schwingen finden. Aber das ist es ja gerade. Ich brauche keine Flügel – ich bin der Flügel.